Franziska König

Kammerspiel

Familienidyll

Für meinen lieben Onkel Hartmut

TWENTYSIX – Der Self-Publishing-Verlag
Eine Kooperation zwischen der Verlagsgruppe Random House und
BoD – Books on Demand
© Juni 2020 von Franziska König
Titelbild: Gemälde von Werner Weckwerth
Zeichnung von Wolfram König (S.118) und Iwan König (S. 149)
Zuschnitt: Andreas Rothfuß, Blankenfelde
Künstlerische Gestaltung und Entwurf: Heiko Baumfalk, Aurich
Herstellung und Verlag: BoD –Books on Demand Norderstedt
ISBN: 9783740766573

Familie Rothfuß an Heiligabend 1963

Von links nach rechts:
Rehlein mit der 1-jährigen Franziska auf dem Schoß.
Untere Reihe: Tante Antje und der Opa (auf deren Knien die Zwillinge Heiner und Friedel verteilt sind) und Onkel Rainer, der erklärend den Zeigefinger ausgefahren hat.
Obere Reihe: Der junge Buz neben der Degerlocher Oma, Tante Bea, Onkel Dölein, Omi Mobbl, und der damals erst 14-jährige Onkel Andi

Die Vorkömmlinge finden sich am
Schluß des Buches im Personenverzeichnis

Hier aber meine Lieben vorneweg:

Buz (Wolfram), mein Papa (*1938)
Rehlein (Erika), meine Mutter (*1939)
Ming (Iwan), mein Bruder (*1964)
Julchen, seine Lebensgefährtin (*1983)
Pröppilein (Yaralein), kleines Töchterlein von
Julchen und Ming (*2012)
(Fast alle wurden eines Tages umbenannt wie man sieht. Rehlein gar nach der Berta in der „Lindenstraße", die von ihrem Hajo ebenfalls „Rehlein" genannt wurde, und ein ähnliches Schicksal hatte wie unser Rehlein: Einen Mann, der ständig seine saublöden Spezis mit nach Hause brachte.)

Zum Hintergrund der Geschehnisse empfiehlt sich ein Blick auf diesen Link:
Einfach nur - **familie könig vs werner bonhoff** – in die Suchmaschine eingeben

Dezember 2014

Montag, 1. Dezember
Oberbalbach – Ofenbach

Winterlich grau. Kaltes Geniesel.
In Österreich stürmisch und schubberig stimmend

Vorwissen für die geographisch Interessierten unter uns:

Ich befand mich auf einer Teiletappe meiner Reise ans Ende der Welt – auf dem Wege in die Weihnachtsfrische zu meinen Eltern in Niederösterreich.
Nach meinem gestrigen Konzert erwachte ich ein letztes Mal im Pfarrhaus von Oberbalbach, - einem Ort im Schwäbischen.

Am Ausrollungsbeginn eines bleichen und schubberig-kalten Tages haftend, lag ich im Bett.
Vor der Türe hörte man die Kinder lärmen.
Gestern hatte Rehlein noch mit wedelndem Zeigefinger geschrieben, daß nun jeden Moment der Winter ausbrechen könne, und ich mich doch bitte ein wenig beeilen, und zusehen möge, noch bei Tageslicht in Ofenbach anzukommen!
Eigentlich hatte ich ja gelobt, die frischgebackene und nunmehr einsame Wittib Frau Reimer in ihrem riesigen, unnatürlich großen Bauernhof in einer, wie ich hoffte, Kachelofen- oder zumindest Bulleröfchengewärmten Atmosphäre zu besuchen.

Der große Bauernhof steht in einem kleinen Ort, den man getrost als Besenkammer im Weltgeschehen bezeichnen darf.

Und dann sitzen wir da, und während des Dasitzens bricht draußen der harsche Winter aus, und zeigt sich von seiner unbarmherzigsten Seite. Ein halber Meter Neuschnee in nur fünf Minuten! Erinnernd an den Horrorwinter 78/79 in Norddeutschland.

Mein Auto, das ich vor der ausgestorben wirkenden Gaststätte am Fuße des steilen Hügels, auf dem sich der Bauernhof befindet, geparkt habe, versinkt im Schneepürée. Zunächst noch an einen verschneiten Maulwurfshügel erinnernd, und schließlich mit dem bloßen Auge nicht mehr auszumachen. Doch dieser An- bzw. Nichtmehr-Anblick versinkt nun auch noch in der einbrechenden Dunkelheit.

Da kann die mütterliche Frau Reimer mich guten Gewissens nicht mehr ziehen lassen, und so verbringe ich einen ganzen Winter dort. Lustvoll und im Duett lassen wir das Leben des verstorbenen Herrn R. nochmals Revue passieren. Wir fügen Puzzelteil um Puzzelteil zusammen, um den Verblichenen in Form eines Epos vor dem Vergessen zu bewahren.

Was sich da alles zusammentragen lässt!

Vieles weiß ich ja bereits:

Nach der Schule mußte er immer erst eine Stunde Geige,- und eine Stunde Klavier üben, und erst dann durfte er vors Tor hinaus, um sich unter die verrohte Görlitzer Jugend zu mischen.

Sein Vater lernte eine andere Frau kennen, verließ die Familie, zog sehr weit weg nach Flensburg,

gründete eine neue Familie, und meldete sich kaum noch.
Und als Frau Reimer ihren Jürgen Ende der 60er Jahre in der Musikhochschule in Freiburg kennenlernte, plante er soeben seinen etwa dritten oder vierten Selbstmordversuch.

„Frau König, wann wollöt sie los?" hörte man die Pfarrerin, Frau Wirtz, ausrufen.
Eine Dame, über die ihr sympathischer Ehemann gestern gesagt hatte, sie sei oft sehr direkt, was gelegentlich zu Irritationen führen könne, denn es sei zuweilen tatsächlich ein bißchen so, als würde sie ihrem Gegenüber mit dem nackten Arsch - und hier drückte er sich vorsichtig, sorgsam nach passenden Worten suchend, gewählt und derb in einem aus, - mitten ins Gesicht springen.
„Mei normaler Rhythmus wäre: Erschd mit dem Hund naus, und Frühstück um halb neun!" hörte man sie, die den anderen mit dem nackten Arsch vorneweg ins Gesicht zu springen pflegt, sagö.
Ich entwand mich dem Bettgehäuse, bzw. der Brutstätte, die mich für den heut´gen Tag zurechtgebrütet hat, und packte los.
Um 8.20 schleppte ich die beiden Thermosbuddeln in die leicht schmuddelige Küche oben.
Doch da war noch gar niemand.
Stattdessen saß das Häslein auf dem Tisch.
Die Pfarrerin hatte die seltsam kahl wirkenden Computer-Einladungen zum Geburtstag der Zwil-

linge ausgedruckt, die nun als unordentlicher kleiner Stapel neben dem Häschen mit seinem tickenden Näslein lagen:

> **...Zieh Dir möglichst etwas an, das auch schmutzig werden darf, denn auf dieser Feier erleben wir ein Abenteuer.**
>
> **Ende um 16:30**

Später frug ich schüchtern, ob ich mir etwas heißes Wasser für meine Thermoskanne kochö dürft?
„Moment, i bin grad mit dö Karnickel b´schäftigt!" sagte Frau Wirtz auf hektisch unfrohe Weise.

Um die „45 €uro egschdra" zu kassierö, die für gehobene Konzerte bereitliegen, solle ich ihr noch einen Qualifikationsnachweis schickö.
„Was ist denn ein Qualifikationsnachweis?"
„Ha, ö Kopie vom Meischderbrief oder so ebbes? Gibt´s dös bei de Musiker net?"

Ich verabschiedete mich, und fand selber den Ausgang. Die Pfarrerin blieb sitzen, und ein weiteres Treffen wurde nicht vereinbart.

Im Auto lag meine DVD mit einem Film aus dem Jahre 1982 dabei. „Defekte". Dieser Film schien wie auf das Leben von Herrn Reimer zugeschnitten, der

sich im Jahre 1991 von heut auf morgen auf quälende Weise verändert hatte.
Wenig später mußte man sich eingestehen, daß der Rektor der Musikhochschule psychisch schwer krank war.
Der Vormieter in Herrn R.s sterblicher Hülle war jedoch ein ganz und gar anderer Mensch.
Ein fröhlicher, junggebliebener und romantischer Herr mit vielen guten Eigenschaften, tierlieb und begeisterungsfähig, von dem es hinzu hieß, er habe immer so köstliche, gänzlich unbeamtliche Geschäftsbriefe verfasst, und hinzu ganz und gar ungewöhnliche, sehr lustige Reden gehalten.

An der Grenze zu Österreich muß ich immer an meinen Ex-Onkel Ric denken, denn ab hier dauert es bis nach Ofenbach eben so lang, als wolle unsere Kusine in Amerika, das Lindalein, sich anschicken ihren Papi Ric in Nord-Kalifornien zu besuchen.
355 km.
Doch diese Gedanken währen nie sehr lange.
Den Ric habe ich seit über 40 Jahren nicht mehr gesehen, und nur hi und da (eher selten) erscheint er mir zuweilen in meinen Träumen.
Man lebt in der scheinbaren Gewissheit, daß man den Exonkel in diesem irdischen Leben wohl kaum noch einmal wiedersehen wird, und dieser Gedanke zieht nach all den Jahren auch kein großes inneres Erbeben mehr nach sich, zumal man seinen Kopf frei von jeglichem Risiko darauf verwetten könnte,

daß heut kein Brief von ihm auf mich wartet, morgen auch nicht, und übermorgen ebenso wenig.
Irgendwo in Ofenbach, inmitten Tonnen alter Papiere und Erinnerungen, die zu entsorgen man noch nicht übers Herz gebracht hat, befindet sich eine kleine vergilbte Fotografie aus dem Jahre 1973:
Im verschneiten Ofenbacher Garten hockt der Ric mit einem Lächeln neben uns Kindern, und legt je einen Arm um Ming und mich.
Aber eines Tages träumte ich vom Ric, und dieser Traum kehrt gelegentlich in leicht variierter Form wieder:
Der Ric war seines Lebens in Amerika überdrüssig geworden. Er zog nach Aurich in Ostfriesland und lernte dort bereits am ersten Abend eine Frau kennen: Eine sympathische Kassiererin im Supermarkt, die exakt dem Frauenbild entsprach, daß ihm schon seit jeher vorgeschwebt war.

Bald schon lebten die beiden in einem unscheinbaren Mietshaus sehr im Glücke, und doch empfand es der Ric, als ewig Suchender, als „hohles Glück". Er sehnte sich nach sinnvollen Inhalten und beschloß, Geigenunterricht zu nehmen.

An der Supermarktspinnwand befestigte er somit einen kleinen Zettel unter der Rubrik „Gesuche".

Suche Geigenlehrer/in für regelmäßigen und zielführenden Unterricht.

Und diesen Zettel mit zwölf abzupfbaren Papierfrackschößen auf denen die Mobilnummer seiner neuen Freundin notiert war, wurde mir eines Tages von Pastor Rübel überbracht…ich rief dort an, vereinbarte eine Zeit mit einem

Herrn, der seinen Namen aus datenschutztechnischen Gründen nicht nennen wollte, und wußte doch traumesunlogischerweise die ganze Zeit, wer da gleich völlig überraschend kommen würde.

Als es dann aber an der Haustüre schellte, schellte in Wirklichkeit stattdessen der Wecker, und verdarb das Wiedersehen nach so vielen Jahren.

Österreich empfing mich ziemlich grimmig. Die Temperatur war auf 1-2 C° gesunken, und zog eine Ungemütlichkeit sondersgleichen nach sich.

Einmal glaubte ich, in der nieselnden Finsternis Herrn Kirschneroth* auszumachen,

*jenen Herrn, der sich schamlos in das gemachte Nest Buzens, den „Musikalischen Sommer in Ostfriesland" gesetzt hatte, um auf Buzens noch warmem Throne das Intendantenzepter in die Hand zu nehmen.
Und dies ohne das geringste Unrechtbewußtsein – direkt an die böse Stiefmutter von Schneewittchen erinnernd.

Er hatte sich zähneklappernd und bibbernd in einen Mantel gehüllt, und huschte im Schein meiner Frontlichter, auf eine Art, als würde er von ungeduldig pustenden Nordwindnüstern zur Eile angetrieben, über die Straße.

Der Nieselfilm auf der Frontscheibe trocknete ein, verschlierte die Sicht, - ich tunkte in Nebel ein, und sah plötzlich quasi nichts mehr.

Ich drehte die Heizung bis zum Anschlag auf, und stellte die Warnleuchte ein. Einmal hupte mir jemand erbost Licht, und zog sodann hupend an mir vorbei.

Auf einem Asfinag-Parkplatz, mit seinen vielen eisverkrusteten Picknicktischen rief mich der süße

Buz an, der über einen geheimnisvollen siebten Sinn verfügt: Er spürt immer genau, wann ich eine kurze Rast einlege.
Buz klang so warm und leuchtend am Telefon, als er vernehmen durfte, daß ich mich dem Elternhause auf 24 km genähert hatte.

Endlich daheim!
Rehlein wirkte gleich ein bißchen mahnend auf mich ein, da ich so dünn gekleidet war.
Buz, wie alle Tage an den Kachelofen geschmiegt war so süß: Er freute sich, und meinte, ich sähe so munter und lustig aus.
Rehlein kochte mir gleich ein so köstliches Mahl, wie es eben doch nur eine Mutter hinbekommt, die genau weiß, was ihrem Kinde guttut: Kartoffeln mit Rührei, und einigen schmückenden und geschmacksverfeinernden Gürkchen.

Buz erzählte begeistert und gerührt vom Onkel Eberhard: Der Onkel hatte bei einem Vortrag 700€ verdient, und nachdem Rehlein ihm erzählt hatte, daß die wohltätige Familie Dostal ihnen ein Kuvert mit 500€ überreicht hatte, auf dem zu lesen stand: „Geteilte Freude ist doppelte Freude!" überreichte der Onkel Eberhard den Eheleuten beim Abschied ebenfalls ein Kuvert, auf dem so rührend zu lesen war: „Man kann zwar nicht sagen, daß ein halbiertes Honorar ein doppeltes Honorar sei…."
Das fanden wir nun so köstlich!

Begeistert erzählten mir die Eheleute all die Geschichten, die der Onkel erzählt hatte, nach: Z. B. von seiner Schwägerin Agnes, die immer freudig gelobt, auf den kleinen Sebastian aufzupassen. Doch ist´s dann so weit, daß man die so vollmundig angebotene Hilfe in Anspruch nehmen könne, so täuscht sie Kopfschmerzen vor.
Einmal stellte man den zum Lästikum mutierten Sebastian bei Schulfreunden unter, doch als die Eltern zurückkehrten war der Sebastian auf Mingesart stocksauer, weil es ihm bei denen üüüberhaupt nicht gefallen habe.
Es gab so viel zu erzählen, und die Tischplatte schien viel zu klein, um all die lustigen, rührenden oder auch betrüblichen Geschichten auszubreiten:
Leider starb Frau Czysy, eine einst rüstige und stolze Dame aus dem Bekanntenkreis von Opa und Omi Mobbl 89-jährig, und beim Einkaufen heut war Rehlein der weinenden Barbara begegnet. Der Tochter der Verstorbenen, die vom Friedhof kam.
Da tat mir die Barbara so unendlich leid! Alles kann man ertragen, aber wenn die sterbliche Hülle der Mutter in die Gruft hinabgesenkt wird, die nun hoch oben über den Wolken mit der Ewigkeit loslegen soll?! Unvorstellbar.
Und selbst wenn Rehlein 111 Jahre alt werden sollte – wäre ich mit 88 Jahren schon bereit „loszulassen?"
Am Abend telefonierte ich mit der Katharina, und die Katharina klang ganz anders als sonst:
Direkt ein wenig förmlich und lehrerinnenhaft.

Dies jedoch nur aus jenem Grunde, weil der Alexander, der Heiratskandidat aus dem „Schwarzwälder Boten" zu Gast war, und sich in Horchweite befand. Schon merkte man, wie sich die Liebe in Form einer ersten Persönlichkeitsdeformierung ausbreitete.

Vor dem Bettgang:
Buz beschwärmte das von Lisa Batiashwili interpretierte Brahms-Konzert, nachdem er zu später Stund selber noch übermütig daran herumgegeigt hatte. Erinnernd an ein süßes kleines Kind, das sich so sehr über einen Besuch freut, daß es außer Rand & Band durchs Zimmer springt und hopst.
Leider ist Buz kein kleines Kind mehr, und so springt und hopst er eben in den Lagen auf seiner Violine herum.

Rehlein hat auf rührende Weise immer so eine Angst, ihr Küken (ich) könne frieren, und stieg vor dem Bettgang extra auf eine hohe Leiter, um mir eine noch wärmendere Decke hervorzusuchen.

Dienstag, 2. Dezember
Ofenbach

> Grau und trübe. Zuweilen schneite es.
> Der Wetterbericht mit Inge Niedeck
> verhieß Schnee vielerorts

Ein neuer Tag hatte sich entfaltet.
Buz ist ein froher Morgenmensch und begrüßt den Tag, einem Vogel mit seinen Gesängen nicht unähnelnd, sehr gern mit seinem Violinspiel. Gestern hatte er noch rücksichtsvoll gefragt, ob es mich störe, wenn er morgen ganz früh losgeige?
Generös wunk ich ab: Nein, dies störe doch wohl überhaupt nicht. Jetzt im Bett aber bedauerte ich, das generöse Abwinken nicht besser differenziert zu haben: „So lange Du anständige Werke spielst..."
Tatsächlich hatte der frohe Morgenmensch Buz – soeben dem Tode von der Schippe gehopst – sehr früh mit seinen Violinstudien angehoben, die sich nun ganz fern, direkt wie zartgesponnene Spinnweben ausnahmen, was jedoch zur Folge hatte, daß meine Ohren noch strammer dorthin gezogen wurden.
Denke ich schlicht: „Ich will jetzt sofort auf den Füßen stehen!" so funktioniert´s! Ich stand auf meinen Füßen, und augenblicklich konnte mit der Alltagsgestaltung losgelegt werden.

Oben hatte das süßeste aller Rehleins bereits den Tisch so liebevoll gedeckt.
Ein Kammerspiel mit drei sehr unterschiedlichen Temperamenten konnte beginnen.

Drei Mails hatten sich für Rehlein angesammelt:
Von Ming, Dölein und Bea.
Ming meldete sich wie gewohnt mit einem warmherzigen Dürrzeiler, den er mit tausend Küssen streckte und anwärmte. Onkel Dölein nahm Bezug zu unseren philosophischen Mails zum Thema E-Mailen, von denen er sich nicht beeinflussen zu lassen gedenkt, und wieder mußte ich mich fragen, ob meine Mail wohl wirklich so falsch rübergekommen ist?
Das passiert mir leider öfters:
Man gibt sich solch eine Müh´, einen schönen Brief zu schreiben, und dann wird er nur mit einem völlig unpassenden Dürrzeiler kommentiert, dem zu entnehmen ist, daß nichts, aber auch gar nichts verstanden worden war.

Das Beätchen schrieb schwärmerisch, daß wir eine solche Freud an der Miette hätten haben würden:
Mit welcher Freude und Begeisterung sie Klavier und Cello spielt!
Bewegt leitete ich diese Mail an den süßen Ming weiter, da ich ihn als Beweis dafür ansah, daß die Miette ein Riesentalent sei.

In diesem Zusammenhang erinnerte ich Ming auch an den jungen Brahms, der sich einst im Foyer der Familie Schumann mit seiner Rhapsodie in g-moll auf dem schlichten Besucherklavier eingespielt hat.
Nie gehörte Klänge füllten das Heim, und Kathrin Hepburn, die in diesem berührenden Film die Clara Schumann spielte, trat mit ungläubig geweiteten Augen und geöffnetem Munde auf den Gast zu.

Rehlein machte die Fernsehgymnastik 60+ mit Gabi Fastner (einer Variante von unserer Extante Gabi), die mit ihren alten und friedliebenden Eltern in der Sonne saß, um beispielsweise die Schulterblätter spitz in die Höhe zu winkeln, oder aber die Arme propellerartig rotieren zu lassen – kurz und gut: Was Senioren gut tut und Freude bereitet!
Dann frühstückten wir, doch leider hatte ich nach Art eines dummen Dinges beim Eierkochen versagt. Das eine Ei war beim Anpieksen ein wenig kaputtgegangen, die Innereien quollen nach außen, und dem zufolge war der Hohlraum hernach mit heißem Wasser befüllt. Zur Strafe mußte nun ich dieses Ei essen, und auch Buz schüttelte, wie in einem schlechten Roman, den Kopf über derart verdrießlichen Unverstand.

Ich erzählte von Daniel Trifonov und seinem törichten Spruch: „Dies ist Aufgabe von Politikern und nicht uns Musikern!" (über etwas wichtiges Politisches, das ich jedoch vergessen habe), um

weiter zur Petra und ihrem ebenso törichten Spruch hinüberzumodulieren: „Ich bin hier um Musik, nicht um Politik zu machen!" um schließlich lobend an Anne-Sophie Mutters berührende Rede bei der Echo-Verleihung zu erinnern: Daß sich Musiker nämlich niemals aus der Politik heraushalten dürfen! Bravo! bejubelte auch ich hier beim Nacherzählen begeistert die klugen Worte einer reifen Dame, an die auch ich mich zu halten gedenke.
Doch Buz sieht es nicht so gerne, wenn man sein Petra-Bild, das in Rehleins Sinnen ohnedies leicht schief hängt, noch schiefer hinhängt.

Ich erzählte nun ganz viel vom Besuch vom Hans-Hermann in Aurich.
Der Hans-Hermann buchte und zahlte eine Schiffsreise, zu der er nach all den Jahren des Schweigens doch wohl sehr gerne seinen geliebten Sohn Philipp eingeladen hätte, der in der Zwischenzeit ein großer, dicker Mann geworden ist. Doch wieder bekam er keine Antwort auf dies doch so rührende und schöne Angebot, so daß sich in Hans-Hermanns Sinnen so ganz allmählich die Idee zusammenbraut, seinem eigenen Seelenfrieden zuliebe, den Philipp nachträglich für „inexistent" zu erklären.
Da erzählte Rehlein, wie ihr der junge Philipp einst als Kleinkind wortlos ins Duschhäusl folgte, um mit dem Schnuller im Munde ungeniert, und hinzu auf Mondkalbsart eine entblößte Frau zu mustern.

Ich hätte ewig beim Frühstück herumsitzen mögen, und doch fraß sich der Tag wie stets unaufhaltsam in die Mittagsstunden hinein.

Nach dem Frühstück kümmerte ich mich um meine Karriere und bemalte Pfarrämter in den Räumen Hof und Forchheim. Oder aber anders ausgedrückt: Ich fischte in trüben Gewässern, und dies, obwohl sich adventsbedingt eigentlich gar keine Fische im See befinden...

Buz schaute eine Medizin-Seifenoper, während Rehlein ihr köstliches Mittagessen schichtweise servierte. Es gab zunächst ein bleiches Lachsstück mit Senf-Honig-Soße aus dem Bioladen. Hernach ein leckeres Süppchen mit Fädchennudeln, und sodann köstliche biologische Gemüseteile: Große Karotten, Petersilienwurz, Sellerie, Süßkartoffeln.

Ich schickte mich an, in den schwindenden Tag hinauszurennen. Rehlein hatte geraten in die silberne Thermobüx zu steigen, und auch Buz war besorgt und riet, einen Schal umzubinden.
Als ich zum Umziehen in den Keller entschwunden war, rief mir Rehlein regelrecht streng hinterher, daß ich – sollte ich eine Lungenentzündung bekommen, - ins Spital müsse, denn *sie* habe keine Lust, mich zu pflegen.
Das mit dem Schal habe ich gemacht, doch die silberne Hos hab ich ja gar nicht gefunden!

Nun rannte ich einfach so in Alltagsklamotten aus dem Hause, und spielte im Geiste durch, wie es wohl sei, von Rehlein hierbei ertappt zu werden? Bis hin zu einer schallenden Ohrfeige weitete ich meine vorfühlenden Gedanken aus, und später erzählte ich Rehlein gar, daß ich ihr eine Ohrfeige nicht krumm nehmen würde. Im Gegenteil: Ich habe Buzen schon oftmals angeboten, mir eine Ohrfeige herabzuhauen, weil ich einfach einmal wissen wollte, wie es sich wohl anfühle, von seinem Vater eine Orkanwatsch zu kassieren, und ob ich im Ernstfall wohl die menschliche Größe besäße, ihm die andere Wange auch noch hinzuhalten, wie ja zuweilen gepredigt wird?
Doch Buzen gefällt dererlei nicht.
Buz hasst Leute, die sich zu einer zischenden Ohrfeige oder gar Orkanwatschen hinreißen lassen, - ich jedoch kann diese Leute gut verstehen.

Direkt vor dem Aufschwung zum Echofeldsaum drehte Petrus den Duschhahn auf. Zunächst nur leicht, später etwas heftiger, so daß eine Kontaktlinse von meinem Augapfel hinweggespült wurde.

Unser Freund Koji, Konzertmeister in Osaka, hatte eine CD geschickt, und die legten wir uns zur Teestunde ein. Zunächst ließen wir uns von der Sonate von Janaček verzaubern, die der Koji zusammen mit seiner Ehefrau Yoko eingespielt hat.

Hernach tippte Rehlein dem Koji einen warmen Brief, und plötzlich war´s noch vor fünf Uhr dunkel geworden.

Ich übte den ganzen Abend lang sehr emsig im Ashram auf meiner Violine, und als ich endlich in die Wohnstuben im Stockwerk darunter zurückkehrte, schien´s mir so, als würde Rehlein telefonieren oder skypen, doch es war ja bloß so, daß Rehlein einen Brief vom Onkel Rainer aus Kanada vorlas.
Für nächstes Jahr plant der Onkel Rainer, von schwerer Erkrankung genesen, eine große „Zurück-ins-Leben-Party", zu welcher man sodann zeitnah einladen würde.
„Nimmt er wieder 20 $ Eintritt?" spöttelte ich, da es der Schwabe Rainer beim 60. Geburtstag seiner Frau Sharyn ja so gehandhabt hatte?
Und wie diese Feier wohl aussehen wird?
Er röstet ein paar Würstchen auf dem Grill, neben dem er ein Spendentellerchen hingestellt hat, und in der Einladung steht womöglich auf Schwabenart: **Für Getränke möge ein Jeder selber Sorge tragen. Wir sind nicht zusammengekommen um zu essen & zu trinken, sondern um fröhlich zu sein, ein paar Lieder zu singen, und mich zurück im Leben willkommen zu heißen.**
Buz hatte wieder rote Wangen, lehnte am Kachelofen und erzählte verheißungsvoll von seinen geometrisch exakten Erkenntnissen im Violinspiel. Und überhaupt musizierte Buz im Musikzimmer

nebenan immer wieder in glühendem Temperament auf seiner Violine.

Frau Dieudonné hatte eine so liebevoll gestaltete Früchtebrotparte über den Heimgang von ihrem Frank geschickt.
Er hatte noch ein bewegendes Abschiedsgedicht gemacht, und dies hatte sie auf edelstes Büttenpapier drucken lassen, das hinzu mit einem güldenen Schleifchen verziert, und schließlich liebevoll eingerollt worden war.

Mittwoch, 3. Dezember

Grau und trübe

Als am Morgen der Wecker tönte, lag ich in unendlichem Wohlbehagen kaum sichtbar und scheinbar keinen Raum mehr einnehmend, nach Art eines Tintenkleckses auf dem Laken unter der Decke, und die Zeit schien einfach noch nicht reif für ein Erhöbnis.
Noch hält man einen prallen Sack mit 60 anvisierten Tagen in Ofenbach in Händen, die einem jedoch so nach und nach allesamt hinwegzurieseln drohen. Ich mit meinem dicken Po versuche mich ganz fest auf

die Zeit draufzusetzen, und dennoch löst sich jeder Tag täglich einfach ganz von alleine wieder auf.
Schrübe ich ihn nicht ins Tagebuch, so wäre er ganz weg.
Rehlein macht sich zuweilen ein bißchen Sorgen, ich könne das mit dem Tagebuch übertreiben.
Wer wolle denn wohl das ganze Leben einer fremden Dame aufarbeiten? Es seien so schöne Stellen drin: Goldstaub, den man heraussieben sollte, um ein richtiges Buch zu verfassen, und das süßeste Rehlein hat doch immer wieder Zeitungsartikel für mich gesammelt, die für mich von Interesse sein dürften? Z.B. über Leute, die einfach ein Buch schrieben, wie beispielsweise Truman Capote, und auch ich find dies alles so interessant und liebe es, wenn Rehleins ausgeschnittene Zeitungsartikel am Abend auf meinem Bette als Nachtlektüre auf mich warten.

Vor Frühstücksbeginn nahm ich mir fest vor, die normalerweise bis in die späten Vormittagsstunden hineingeplättete Frühstückszeit streng zu rationalisieren:
22 ½ Minuten, und keine Sekunde länger, und dann *wird* ins Rad der Tüchtigkeit gestiegen.

Nach dem Frühstück widmete ich mich Buzen. Ich saß Buz gegenüber, lauschte seinen guten Lehren, und dachte dabei in zweikanaliger Weise allerlei: Ich dachte nämlich an Buz selber.

Hildes große Liebe! Obwohl Buz mittlerweile 76 Jahre alt ist, hat er nichts von seiner Attraktivität und seinem Zauber verloren. Im Gegenteil!

Jemand, der noch da ist.

Doch in Hildes Sinnen wohnt er hinter den sieben Bergen, und man hat keinen Schwung mehr, seinen warmen Platz neben dem kleinen Öfchen, in dem der Groll unverdrossen vor sich hinschmurgelt, zu verlassen, um nach Ofenbach zu reisen, um Buz „zur Rede zu stellen". *Und während sie sich im Geiste vor ihn hinstellt um ihn zur Rede zu stellen, frägt sie sich, für was sie ihn eigentlich zur Rede stellen will?*

Ich zog einen gedanklichen Bogen nach Schluchsee, zu Herrn und Frau Reimer.

Von Herrn Reimer ist lediglich ein Aschehäuflein geblieben, und – sollte man das in Verruf geratene Beerdigungsinstitut von Schwäbisch Hall beauftragt haben - gar ein „falsches Aschehäuflein", - während man ihn im März, als er noch, - wenn auch nicht mehr lang - in seinem irdischen Gewande stak, noch hätte antreffen können.

Rehlein schuftete im Garten, und Buz tippte einen Brief an den Klarinettisten Chen, der sich überraschend aus der Bekanntschaftsmottenkiste herausgeräkelt hat. Aufregend für den schwärmerisch veranlagten süßen Buz, der den Chen über alle Maßen verehrt.

Doch ob Buz als Älterer dem Jüngeren eine tiefe Herrenfreundschaft antragen darf?

Der Chen könnte doch wirklich mal etwas dererart schreiben?!:

> *Lieber Wolfram!*
> *Du warst mir auf den ersten Blick mehr als nur sympathisch! Manche Leute gefallen einem eben auf Anhieb so gut, daß man sie am liebsten mit nach Hause nähme, um sie bei sich zuhause aufzustellen. Kennst Du dies auch?*

Doch der Chen, der eigentlich recht gut Deutsch spricht, tippte auf Englisch, da dies eben die internationale Sprache der Musiker, bzw. natürlich des Musikbusiness sein soll.

Klüger jedoch wäre es gewesen, auf italienisch geschrieben zu haben, da diese Sprache wohl am besten zur Musik passt, und Worte wie „Allegro" und „Adagio" doch wohl jedermann ein Begriff sein dürften?

Nach der Gartenarbeit wirkte Rehlein etwas windverblasen. Zwei Kürbisse hatte sie dem Kompost überantwortet, da es einfach zu viele wären.

„Die bringen wir der Barbara!" regte ich auf Art eines ganz jungen Menschen fröhlich und schwungaufwirbelnd an, doch die Barbara habe selber zu viele. Es ist so, wie mit den Kuschelkaninchen bei der Familie Wirtz. Man hat zu viele,

verschenkt einige, dann vermehrense sich woanders, und werden weiterverschenkt.
Erst heute Morgen hatte ich Rehlein vorgeschwärmt, wie ich vor wenigen Tagen ein kleines Kuschelkaninchen an mein Herz gedrückt hatte. Da bedauerte Rehlein, daß ich keine Mutter bin.
Doch die Kuschelkaninchen liegen mir einfach mehr, weil die nicht plärren, sagte ich.

Beim Joggen versuchte ich mir vorzustellen, wie das Leben heut in 50 Jahren wohl so ist?

3. Dezember 2064.
Ming ist bis dahin wohl kaum noch da? Ich aber mit meinen 102 Jahren wackele noch immer auf dem „Krähenberg" herum, und meine seltene geistige Frische erstaunt einfach alle! 200 neue Tagebücher türmen sich auf diesem hier, und „wer will denn das alles lesen?" denkt da so manch einer.
Denkste! Auch hier scheint die Hauptaufgabe darin zu bestehen, die Bücher erst einmal aufzuklappen, und dort stößt man dann überraschenderweise auf pures Gold!
Das Pröppilein ist bis dahin „so ne Frau, die mit dem Radl durch Aurich radelt", so wie Omi Rehlein es mal augenzwinkernd prophezeit hat.

Daheim wartete ein köstliches Mittagsmahl auf uns. Rehlein hatte dem gekochten Hühnchen ganz viele Knöchelchen entfernt die nun fein säuberlich auf einem Teller lagen und Zeugnis von Rehleins immensem Fleiß gaben. Ein Anblick, der aber auch ein bißchen an einen Fund im Zimmer eines Serienmörders denken ließ.

Buz schaute schon wieder „In aller Freundschaft", und vielleicht versauten wir Buz seinen Genuß ein bißchen, weil wir immer so viel dazwischenquasselten, und uns auf Art reifer Damen nicht zügeln konnten?

Einmal aber wandte ich mich dem Fernsehgenuß zu, und mußte lachen: „Das sind ja Dialoge wie aus einem Groschenroman! Und so was schaust du dir an??! Es fehlt nur noch, daß die Schauspieler beständig den Kopf schütteln oder die Achseln zucken!"

Hernach hörte ich mit meinen Eltern den ersten Satz von Bruckners nullter Symphonie an, und im WDR lief hierzu ein bewegender Naturfilm, den wir stumm geschaltet hatten, um die göttlichen Klänge besser genießen zu können, und der oftmals sehr genau zur Musik zu passen schien. Zu einem hohlen Posaunenklang beispielsweise öffnete ein Tier den Mund.

Später sah man, wie ein süßes kleines Elefantenbaby in einen Sumpf plumste und darin zu versickern drohte. Die Mutti gab sich große Mühe, das Baby zu retten, und wir standen schon an der Schwelle zum Gerührtsein („Was Mutterliebe alles bewegt!"), als man hören mußte, daß die Mutti ja alles nur noch schlimmer machen würde! Bei ihren ungeschickten Bemühungen sank das Baby doch immer tiefer. Dann eilte allerdings die erfahrene Großmutter herbei, schubste „das dumme Ding" unwirsch beiseite, und handelte so klug und überlegt, wie es eben nur Großmütter können, indem sie dem kleinen Buzzewackele die Möglichkeit ebnete, sich selber zu befreien.

Buz rief Ming an, und strahlte über sein ganzes liebes Gesicht mit der spitzen Nase als krönendem Mittelpunkt, als er den Koji beschwärmen und als Sommergast empfehlen durfte.
Dann wurde Buz zu einem Spaziergang entsandt. Er verpackte sich in eine bunte Jacke mit Kapuze und entschwand.

Abends strickte Rehlein, so wie einst Mobbl, im Schein der Lampe an meinem roten Wams herum, und wir unterhielten uns, wie ich fand, verbindend: Wem der Onkel Andi wohl ähnlich sähe?
Er habe Opas Art sich zu vergnügen und zu erheitern mit ins Diesseits gerettet, sagte ich.
Dann wunderten wir uns, daß der Chen zum erstenmal persönlich und freundlich angefragt habe, ob er wohl im Musikalischen Sommer auftreten dürfe? Etwas, das sich doch drastisch mit seiner Strategie biss, den eiligen und vielgefragten, erschreckend überbuchten Künstler hervorzukehren.
„Finanziell zwickt´s bei uns an allen Ecken und Enden!"← (hätte er doch wohl verbindend schreiben können).

Donnerstag, 4. Dezember

Unverändert grau und feucht

Buz mit seiner im Alter etwas strohig gewordenen Frisur, mit der er zuweilen putzig wie ein junger Vogel ausschaut, saß ganz brav im Eck, doch wir mußten noch die Gymnastik abwarten, ehe man in seiner Aura gemütlich losfrühstücken durfte:
Martina Ertl, ehemalige Schi-Virtuosin aus Bayern, moderierte die heutige Morgengymnastik.
Von Höhenwinden beblasen, standen in vermutlich eiskaltem Sonnenschein drei Vorhopser auf einer Bergplattform, und einer von denen, ein Herr der Marke „Schwiegermutters Liebling" schaute aus wie „Ted Bundy"* (Der „Kirschneroth" der Kriminalität).
*Feingeistiger und charismatischer Serienmörder aus den USA. (Hingerichtet im Jahre 1989)
Ich freute mich sehr darüber, daß es nicht knackst, wenn Rehlein in die Knie geht, so daß es fast schade ist, daß wir keine Katholiken geworden sind, denn ich erinnere mich nur allzu gut an mein Konzert in Großmehring in Bayern.

Damals saß ich vor dem Konzert auf der Empore und erlebte es von oben herab hautnah mit, wie vereinzelte Senioren in das Kircheninnere hereinwackelten. Das Knacksen der morschen Knochen beim Knicksen hallte laut durch das Kirchengemäuer.

Nach einer Weile sah man die sonnige Camilla, die immer so bezaubernd „Brisant" moderiert.
„Das müssen wir jetzt sehen. Das ist Bild-Zeitung pur!" rief ich freudig.
„Das wollen wir nicht sehen!" sagte Rehlein, denn wann wenn nicht jetzt sollte man endlich mal mit einem etwas kultürlicherem Leben anheben?
„Aber ich!" sagte ich frei von jeglich zänkischem Beiklang, und gleich zu Beginn ging´s um die Göhrde-Morde, die auch nach 25 Jahren noch immer ungeklärt sind, auch wenn sich ein Hobbyermittler sehr tief in den Fall hineinkniet, weil der ihn eben nicht loslässt, wie er nun erzählen durfte.
Ein Phantombild von einem älteren rußland-deutsch aussehenden Herrn existiert auch, aber wer will denn den gekannt haben? Wie fast alle Leute die man so kennt oder nicht kennt, wirkt er vertraut und fern in einem.
Früher wurden die Hobbyermittler von der Polizei belächelt, heut jedoch ist man sehr froh über zusätzliche Spürnasen dieser Art, und in den USA wurde bereits manch ein kniffliger Fall von einer simplen Hausfrau geknackt, die ihre weibliche Intuition in die Ermittlungsarbeiten einfließen ließ.

Nach dem Frühstück freut sich das süßeste Rehlein immer, wenn mein Violinspiel unter Buzens pädagogischer Fuchtel nachpoliert wird.

„Aber mindestens ne Stunde lang!" regte Rehlein an, und nun lernte ich feinste Bewegungen der Fingerablaufsfinessen.

Plötzlich fühlte ich mich allerdings ganz geistesabwesend. Ich stellte mir vor, *wie ich das Fenster im Keller ja doch nicht zugemacht habe. Rehlein wetzt hinab, um nach dem Rechten zu schauen, und Eiseskälte schlägt ihr entgegen, während die Heizung ganz aufgedreht ist* und diese Vorstellung stimmte mich so traurig.

„Duuuu und der Wolf!" dachte Rehlein in mir verdrossen zu pädagogisch wertvollen Worten über die Finessen höchster geigerischer Brillianz.

Dann aber arbeitete ich wieder wacker mit, und mein Arbeitseifer entzündete sich an Buzens leuchtenden Augen, und der großen Freude über die genialen Erkenntnisse.

Ich wurde von Dankbarkeit gepackt:

Man kommt auf die Welt, und ein grandioser Geigenlehrer wird gleich mitgeliefert – wenn Buz als Bub es denn mal so gut gehabt hätte!

Manchmal wurde Buz vor Vergnügen, *wie leicht* geölte Läufe zu praktizieren sind, wenn man es nur richtig macht, übermütig und stolz wie Bolle.

Nach einer Weile rief Ming an.

„Ming!" sagte ich warm und weich, und ließ den geliebten Namen wie eine Hochköstlichkeits-Praline der Firma Lindt auf meiner Zunge in den Ohren zergehen, - und hatte ich neulich auch gedacht, daß Ming mir von den engsten Familienmitgliedern der

Fernste sei, so strafte mein jäh aufwallender Freudenschwall meine eigenen Worte nun Lügen.

Am Vormittag geriet Rehlein wegen der ganzen AOK- und DKV-Zetteln in Rabiatesse.
Die Erschäumung spritzte in die Höh´ und besudelte Buzen, der allerdings im Walde unterwegs war.
Ich wollte Rehlein helfen, doch ein bißchen fühlte sich die Aktion an wie damals, als der Opa seine Weihnachtsbroschüre für die Verwandtschaft kleben und ordnen wollte:
Die ganze Wohnung, Tisch, Eckbank und Boden, mit Papierstapeln und Fotos in höchste Unordnung versetzt, und Omi Mobbl schäumte und fauchte.
Und nun lagen unzählige, in Beamtenlatein verfasste und an Uninteressanz kaum zu überbietende Zettel auf dem Tisch, und die Vielfalt des zu Bedenkenden vernebelte einem das Denken.
In diesem benebelten Bedenkungsstrudel fiel mir siedendheiß ein, daß ich den Künstlersozialkassenzettel nun doch nicht abgeschickt habe. Einen Wisch, worauf man Jahr für Jahr „8000,00" draufschreibt, seine Unterschrift drunter setzt und den Hinweis liest, daß dieser Brief elektronisch erstellt wurde, – womöglich von Roboterhand - so daß leider kein Dank zu erwarten ist.
Da stopfte ich diese saure Aufgabe auch noch rasch in die vormittägliche Beamtentätigkeit hinein, und schrieb etwas weltfremd über die schöne Briefmarke,

auf welcher der verstorbenen Hans Moser abgebildet ist, mit schönster Schrift folgendes hinzu:

Wenn Sie diese schöne Marke sehen, dann sind Sie gewiss sofort versöhnt und nehmen es mir nicht mehr krumm, daß ich den Brief zu spät abgeschickt habe?

In den USA hat sich eine Tragödie ereignet:
Ein Dreijähriger erschoss seine Mutti, eine Polizistin, die ihre geladene Waffe einfach so abgelegt hatte. Ihr frisch verwitweter Mann schrieb hernach auf seine Facebook-Seite:
„Sag immer allen, daß Du sie liebst. Schon morgen könnte es zu spät sein!"
Dies ließ er in seinem Schmerze wissen, und muß sich nun alleine um seine beiden Kleinkinder kümmern.
Aber wer erzählt uns denn, daß nicht er selber das Schießeisen betätigt hatte?
„Wenn die Polizisten kommen, dann sagst Du „Ich war das, …and I feel so sorry!" schärft er dem Knirps ein….
„Dad said, I should say, I did it, and I feel so sorry!"

Im WDR kam ein fesselnder Fischreport:
Wieder wurde man mit Kreaturen vertraut gemacht, die man sich so noch gar nicht hat vorstellen können.

Meeresungeheuer, die an die Spielzeuge in jenem ZEIT-Magazin erinnerten, auf dem folgender Titelblattschriftzug zu lesen ist:
„Wie Spielzeug unsere Kinder verblödet!"
Zwei Killerkarpfen wie aus einem Horrorfilm lieferten sich einen Kampf, und derjenige, der das Maul am weitesten aufspannt, würde zumindest bei den Fischfrauen den größten Eindruck machen, erfuhr der Interessierte.

Mittags schrieb ich einen Brief an Frau Münch: „Ihnen und ihrem Onno…" leitete ich die Weihnachtswünsche ein. Beim Onno handelt es sich um einen braunen Langohrhund mit gelockten Ohren, die an eine Richterperrücke erinnern, und über den Onno hinweg begann ich weitermodulierend über einen jüngst verstorbenen gemeinsamen Bekannten namens Enno zu referieren, womit ich als Briefschreibende auch schon auf einen passenden Zweig gelangt war: Eine Nachrede auf einen Verblichenen zu halten.
Etwas, was ich ohne Ende könnte.
Doch so etwas verstehen die meisten Leute nicht, und zu Frau Münch war meine Wellenlänge ja schon seit jeher seltsam. In ihrer Aura verwandele ich mich in einen seltsamen Menschen, über den ich mich zuweilen selber wundern muß.

Übermütig übte der süße Buz im Musikzimmer allerlei zusammen: Ganz bezaubernd sein Schubert-

Duo, das Brahms-Konzert und das Rondo Capriccioso von Saint-Saëns.

Hernach saß er im Sorgenstuhle und deutete vorsichtig an, daß wir ihn in Wien in seiner Arbeitsstätte doch einmal besuchen kommen könnten.

„Der Pabba will seine Freude und Begeisterung mit uns teilen!" sagte ich warm und gerührt, und nun versprachen wir uns, daß wir uns diesen Wienbesuch gegenseitig zu Weihnachten schenken.

Abends, kurz vor dem Bettgang und den „Gute-Nacht-Wunschesbezeugungen" treffen wir uns als Familie zum gemeinsamen Bürzel-Wärmen am Kachelofen und versuchen, ein Wagner-Pizza-Idyll herbeizubeschwören.

Hernach stieg Rehlein ins Bett. Zwei Minuten durfte ich noch an Rehlein herumgenießen, und stellte den Wecker somit auf zwei Minuten, um die Herumgenießungszeit nicht ungebührlich zu dehnen. Ich stellte den Wecker auf zwei Minuten, und in dieser kurzen Zeitspanne sprachen wir über das Bett, und wie es kaputtginge, wenn man sich einfach so dranlehne. Opas Bett – gefüllt mit Gallonen an historischen Moribundenfürzen.

Freitag, 5. Dezember

Nicht sehr kalt, so jedoch grau vernieselt, und für das Auge kein Genuß. Mittags regnete es zudem

In der Nacht schlief ich nur mühsam ein, weil der ganze Fall Reimer mit all seinen Details durch mein Hirn zirkulierte. Die schönen Erinnerungen wurden von den bösen verkratzt, versäuert und verfinstert, und stimmten mich ärgerlich.
Wenigstens wurde mir klar, wo die Wurzel der Schlaflosigkeit zu finden wäre: Der Zornesofen im Inneren des Schlaflosen glüht, und man weiß nicht, wie und wo man ihn abstellen soll.
Womöglich helfen nur noch hohle Bibelworte, die zu glauben man sich zwingen müßte?
Herr Reimer ist tot und eingeäschert, mit unpassenden Reden ins Jenseits verabschiedet worden, und der gegen ihn gerichtete Groll, den er auf Erden ausgelöst und hinterlassen hat, züngelt einfach weiter.

Am Morgen hüpfte ich buzwegbrungsbedingt* aus der Horizontalen direkt auf meine Füße drauf.
*versteht man dieses seltene Wort?
Buz, - in seinen schönen BOSS-Pulli gezwängt, stand einem aufregenden Tag seines Gustos entgegenblickend an den Kachelofen gelehnt, auch wenn er

immer noch etwas angestrengt Luft pfeift, so daß uns Verwandten schwer ums Herz wird.

Man darf sich fühlen als würde man in die große weite Welt hinausgeschickt, und der, einem blütenweißen Blatt Papier ähnelnde noch ungenutzte Tag, der vor einem liegt, dehnt sich in Gedanken vorerst in „den Rest des Lebens" aus, indem man an sein Ende gar nicht erst denken möchte.

Im Radio sang ein Jemand mit hoher Herrenstimme ein Werk von Bach, und auch die Orchesterbegleitung wurde von hellen Singstimmen gestaltet, wie man beim genaueren Hinhorchen plötzlich verblüfft bemerkte.

Diese überraschende Feststellung erinnerte mich ein wenig an den lebenden Käse, den ich einmal aus Versehen gegessen habe.

Historische Erinnerung aus dem Jahre 1996:

Buz und ich waren zu später Stund' bei der Omi in Grebenstein eingetroffen, und es wurde eine Mitternachtsmahlzeit aufgetischt.

Bei Tisch wurde über Lady Di geplaudert, die von der Omi als „dummes Ding" empfunden wurde, und der Weichkäse, den wir uns aufs Brot schmierten, roch ein wenig strenge. Und plötzlich sahen wir daß der Käse lebte! Er bestand aus unzähligen Glibberwürmchen, die stramm in Kolonne über das Brot hinwegmarschierten, und im schummrigen Schein der Lampe hatten wir je bereits das halbe Brot hinweggegessen ...

„Ich glaube, das sind Bachianas Brasileiras!" glaubte Buz die Radiogesänge mit einem Bildungsnetz eingefangen zu haben, um damit bei den Damen punkten zu können.
Hierzu gab´s einen köstlichen Brei, den man sich mit Zucker und Zimt bestäubte und vor sich hinlöffelte.

Es nieselte leicht, und wir kauften bei Bio Fiedler ein.
„Wir" ist gut! Ich stand nur rum. Einmal naschte ich ein ausgelegtes winziges Stückchen Muffin, und wenig später zwei kleine Wursttaler.
"Dääh saan net nur für Sie do!" hörte ich im Geiste eine niederösterreichische Verkäuferin aufschnauzen,
doch alles blieb ruhig.
Die Zeiten haben sich geändert.
Die typischen kläffenden, zänkisch und bisgürnigen Niederösterreicherinnen von einst sind mittlerweile im Altersheim oder auf dem Friedhof gut verwahrt – und an ihre Stelle treten fröhliche, weltoffene herzliche Frauen, die es besser machen wollen als ihre Muttis und Omis.
Den vielen Lebensratgebern, die in der Zwischenzeit geschrieben und gelesen wurden sei Dank!
Und selbst die Hunde – Abbilder von Herrchen und Frauchen - haben sich zu ihrem Vorteil gewandelt.
Rehlein stand an der Käsetheke, und ich brachte ihr ein Küßchen.
„Dir ist wohl schon fad?" mutmaßte Rehlein.

„Nein. Mir wird nicht so rasch fad, und schon gar nicht in Deiner Aura."

Ich studierte die Zotter-Schokoladen, die allesamt sehr interessant wirkten.

Rehlein hatte sich ins Gemüseeck vorgearbeitet, und man sah unsere süßeste Ma von hinten, wie sie sich in die leuchtenden Gemüseangebote hineinkrümmte.

Ich stellte mir vor, ich könne schizophren werden: *Überall taucht plötzlich Herr Reimer auf – und sei es von hinten im Gemüseeck bei Bio Fiedler in Wiener Neustadt.*

Dann gesellte ich mich wieder zu meiner Mutter.

„Muuuuh!" sagte ich für eine 52-jährige reichlich ungewöhnlich, und deutete auf eine Kuh, die auf einem Joghurtglase abgebildet war.

Hernach schaute ich mich nach Geschenken für das Pröppilein um, und blieb an einem Erlebnisbad für Prinzessin Lillifee kleben.

„Bad für die Minizicke", hätte es wohl eine etwas herbere Spielzeugfirma genannt? Das Bad färbt sich in Prinzessinnenrosa, und es bildet sich Bioschaum, der so konsistent ist, daß man Figürchen damit kneten kann.

Kleine Erinnerung:

Im Schiff nach Baltrum saß ein hässliches kleines Mädchen, zirka 2-3 Jahre alt. Auf ihrem rosa Leiberl stand einfach „Minizicke" draufgedruckt – und dieses Mädchen sah so blasiert und zickig aus, daß es schier zum lachen war. Doch man frägt sich: Wurde die Kleine so, weil sie in diesem Hemde stak? Oder hat man ihr das Hemdchen gekauft, weil sie so aussah?

Rehlein ließ dem freundlichen Mohren an der Türe noch einen €uro Freundlichkeitszuschlag überbringen. Ich erntete das Lächeln für Rehlein ab, und überbrachte es auf meinem eigenen Gesichte zum Auto, worin das emsige Rehlein fachkundig und zielgerichtet soeben die Einkäufe verstaute.

Nachmittags rannte ich in trübem Dämmer unter fahrenden grauen Wolken dahin.
Als ich wieder daheim war, telefonierte Rehlein so glücksstrahlend mit Ming, und ich dachte schon, das Julchen sei wieder schwanger. Es war aber bloß, daß der NDR uns mit 15 000 € nun doch unterstützt. Die erste öffentliche Förderung, und man sei ganz aus dem Häuschen gewesen.

Als es dunkel war, tranken wir Tee und aßen die köstliche Zotter-Schokolade, die ich uns aus dem so reichhaltigen Sortiment hatte aussuchen dürfen: „Ribisel-Chili". Dazu schauten wir „Hallo Deutschland" mit dem leicht öligen, und leider bloß pseudosympathischen Moderatoren, mit dem man keinen Abend würde verbringen wollen.
Die beliebte Sendung befüllte uns mit Wissen zu folgenden Themen: Den Prozessauftakt von Sebastian S., der sich sündergemäß hinter einem Aktenordner verbarg. Nach einer problematischen

Kindheit hat er die 18-jährige Diskobiene Jasmin ermordet, die somit nach einem Diskobesuch nicht mehr nach Hause zurückgekehrt ist.
Dem mußte nun ein löbliches Beispiel entgegengesetzt werden, und man lernte einen ehrenamtlichen Ebola-Helfer kennen. „Wir kennen keinen Ebola-Kranken, und wir wollen auch keinen kennenlernen!" sagte ich herzlos.
Ich sprach, von diesem Thema hinweggleitend darüber, wie Mings Leben heut wohl ausschauen täte, wenn er Insa B. geheiratet hätte, so wie es in der Vergangenheit durchaus einmal ein Traum gewesen sein dürfte:
Das Dach bis unter die Dachgiebel gefüllt mit Hamstern, Karnickeln, dreibeinigen Hunden und hinzu zwölf Pflegekindern aus proble-matischen Familien, denen man ein neues Zuhause schenken möchte? Dann erzählte ich Rehlein von der mitreißenden Gesangsgruppe ABBA, und dem einen gruppeneigenen Sänger, der genau so ausschaut, als müsse er Björn heißen, und auch Björn heißt.

Einmal rief Rehlein: „Telefooon – der Woholf!" Rehlein selber stak soeben mit beiden Händen vorweg in einem Backbottich, und tatsächlich war es Buz, der *jetzt* schon nach Hause käme, da eine Schülerin leider ausgefallen sei.
Ich fuhr zum Bahnhof, hupte dem Heimkömmling Licht und pickte ihn an der Straße auf.

Buz reagierte leicht maulig auf mein Ansinnen, noch rasch bei Billa einzukehren, um Leckereien für Rehlein zum Nikolausfest zu kaufen.
„Die haben doch schon zu!" beschwor es Buz mit Worten hin. Doch wie eine Mutter, die die Hosen anbehält, fuhr ich einfach stringent auf den Billa-Parkplatz. „Dann fahr wenigstens ganz vorne hin!" bruddelte Buz, der mit seinen Sekündchen plötzlich geizig zu werden scheint – so, als habe er am Horizont die Ziellinie des Lebens erblickt.
Ich drehte dem zu einem kurzen „Wart´s ab"-Verdammten die schöne Bruckner-Symphonie an, wirbelte im Sauseschritt in das Ladeninnere hinein und kaufte eine Packung Lindor bei Frl. Schwemmerl, der Häßlichen, die ja nun schon so lange mit dabei ist, daß davon ausgegangen werden darf, daß sie tatsächlich eine dauerhafte Laufbahn als Supermarktskassenfräulein eingeschlagen hat.
Eine hefeartig aufgegangene junge Frau, die an ein Stück Brot erinnert: Ein felsenförmiges unbehauenes großes Stück Brot, von dem auch ein dicker Mann satt würde.

Spät Abends am Kachelofen sprach ich noch darüber, daß dies wohl zweifellos das meistbenutzte Wort in Rehleins Leben ist: Der Wolf!

Samstag, 6. Dezember

> Nieselnd trübe und neblig.
> Abends, als es dunkel wurde,
> regnete es in einem fort

Ein sepia-getönter matt verhauchter, kaum angebrochener Tag wie auf einer alten Photographie hatte sich aus der Nacht heraus geschält und zögerlich entrollt, als ich mich die Stiegen empor mühte.
Auf sieben Uhr in der Früh hatten wir uns zur „Lindenstraßen"-Wiederholung verabredet, und das Erhöbnis zu solch früher Stund´ fühlte sich somit ein ganz klein wenig so an, als müsse man sich auf den Flughafen sputen.

Heute morgen hatten vor Rehleins Türe zwei stramme Wollsocken gewartet: Befüllt mit Lindorkugeln, Mandarinen und einem Schächtelchen gespitzter Buntstifte. Einer Treueprämie, die sich trefflich zum Auffüllen eines Nikolausstrumpfes hatte nutzen lassen.

Rehlein war ein bißchen besorgt, der Fernseher könne zu laut für den schlafenden Buz sein, doch in dieser Hinsicht ist das Leben mit Buz wirklich angenehm, besonders wenn man an den Opa zurückdenkt, der fuchsteufelswild zu werden pflegte, wenn man ihn in seinem Morgenschlummer molestierte.

Erst vor kurzem stieg Fröhe und Dankbarkeit in mir auf, daß ich nicht so einen prinzipienstarren quadratköpfigen Vater hab, wie so manch ein anderes Frauenzimmer.

Buz kannte diese Lindenstraße-Folge bereits, und hatte anklingen lassen, daß diese Episode so besonders unerfreulich sei, und das war sie nun in der Tat, da nämlich der Gastwirt Wassili dem schändlichen Treiben seiner Ehefrau auf die Schliche gekommen war. Und dies, wo die Eheleute doch kurz vor einem Liebesurlaub in Marokko standen. Zuvor ging es darum, daß es für den Wassili doch wohl eine Selbstverständlichkeit war, daß die kleine Emma mit in den Familienurlaub kommt! Der Sandra, die ganz „der Liebe leben wollte" schmeckte dies jedoch gar nicht, und so wollte sie vorsichtig mit Emmas leiblicher Mutti klären, ob die kleine Emma während der Ferien wohl bei *ihr* leben dürfe? Und als die in Plauderstimmung geratenen Damen soeben erörterten, daß die Sandra mit dem frosch-ähnlichen Kellner „Manolis" Schluß gemacht habe, um dem ehelichen Glück den Weg noch besser zu ebnen, hockte der Wassili, mit einem Nikolaus-Rauschebart beklebt, unter dem Tisch und hatte alles mitanhören müssen!

„Geh!" rief er aus, „ich will Dich <u>nie</u> wieder sehen!"♪♪ (Die Abspannmelodie)

Rehlein meinte, daß ein Balkanese seiner Frau im Falle einer solchen Demütigung den Kopf abhauen würde.

Die dumme Sandra meinte wohl tatsächlich, die Schose mit ein, zwei psychologisierenden Sätzen ausmerzen zu können?

„Ja, ich <u>war</u> unglücklich!" und „Ja, ich <u>habe</u> Scheiß gebaut!" ← hatte sie zuvor, Einsicht zeigend, noch verlauten lassen.

Doch – um es mit Worten der Tastenfee Mareike Spams zu sagen: „So einfach ist dies nicht."

Nach diesem Fernsehgenuß verzupfte ich mich ins kalte Ashram hinauf, und setzte den Hebel der Tüchtigkeit in Form meines Bogens auf den Saiten an.

Samstagsgemäß stand Ysayes 6. Sonate auf dem Programm, und ich wunderte mich über mich selber, daß ich mich auch noch mit diesem Werk abplage.

Ich suchte nach verborgenen Gefühlen in diesem Rumpelschinken, - geschrieben für ehrgeizige Geiger - und übte so lange daran herum, bis Rehlein zum Frühstück trommelte.

Das süßeste Rehlein hatte uns je ein Klasemännlein gebacken, und das <u>schmeckte</u>!

Buz las uns Damen aus einem Buch von Tucholsky vor, der sich in einem Aufsatz darüber verlor, was das wohl für eitle Gecken sind, die meinen, Gäste mit einem Ständchen oder selbstzusammenge-

fingertem Clavierspiel zwangsbeglücken zu müssen. Worte, die man durchaus auch als kränkend empfinden könnte, und die einen zu einem Aufsatz darüber verleiten könnten, was das wohl für eitle Gecken sind, die sich derart selbstgefällig und versnobt über eine selbstinterpretierte und mit ehrlichem Gefühl vorgetragene Tafelmusik erheben und äußern müssen?
Rehlein warf etwas ein, und Buz stöhnt immer gern darüber, wenn sein Lesefluß unterbrochen wird. Doch Rehlein hatte etwas ähnlich Schauderhaftes erlebt, und nun war es ihr ein Herzensbedürfnis, dies hier an dieser Stelle mit einzuflechten:
Bei einem ihrer Teekränzchen in Aurich, zu welchem eigentlich nur Damen zugelassen sind, stammelte der Hausherr Herr Schmiedinger ein Anliegen zusammen:
Er habe sich vorgenommen, den Damen etwas auf dem Piano vorzufingern. Etwas, das er geübt hatte. Es sei nur etwas ganz Einfaches, milderte er das Vorhaben mit passenden Worten. Dann klappte er die Noten von Debussys auf („Childrens Corner"). und Rehlein hatte natürlich gehofft und gemeint, nach dem ersten Werk wäre Schluß, doch dann spielte er das ganze Heft durch, und es sei so <u>grauen</u>haft gewesen! Nur Frau Schmiedinger war sehr stolz auf ihren Mann, weil sie die schrägen Klangfetzen ohne oben unten hinten und vorn in dieser Form ja bereits gewohnt war. Aber ebensogut

hätte man eine Predigt auf koreanisch abhalten können.

Rehlein war be<u>zau</u>bernd!
War der Dezember bislang auch grau & trübe, so darf man sich doch innerhalb des Hauses sehr über das „Hoch Erika" freuen.

Ich schrieb Briefe und freute mich, daß ich dabei auf einen Plauderschwung aufwirbelnden Pfad geriet, wenn auch, wie´s für Ü50er symptomatisch zu sein scheint, geographische Themen dafür herhalten mußten.
Ich schilderte, wie ich ans Ende der Welt – sprich, nach Ofenbach gereist bin. Ofenbach sei jedoch so klein, daß man es auf dem Stubenglobus nur mit Mühe, und womöglich auch nur mit dem Lupenglase finden würde, so daß es sich, zumindest für Schwaben, kaum lohnen tät oder würd, zu schildern, wo man da suchen solle. Ofenbach liegt bei Schleinz, und Schleinz wiederum in der Nähe von Walpersbach.
Buz drängte auf eine Violinstunde, und auch wenn ich immer eine Scheu davor verspüre, mich als Braten für den Triebpädagogen einfangen zu lassen – jetzt ist´s für Buzen nun mal Gewohnheitsrecht.

Buz sprach jene Problematik an, daß bei meiner Linken die letzten beiden Finger oftmals unvorteilhaft zusammengezogen wären, und nun sollte ich

Fingerklimmzüge üben, während die Fingersohle selber auf einem fiepsigen Flageoletton verharrte, und mir wurde rasch fad, so daß nicht viel fehlte und ich hätte etwas ungezogen Mauliges gesagt.
„Schweigen ist Gold. Reden ist Silber!" traten mir Worte vom Beätchen in den Sinn, und nun hielt ich mich daran, während ich es einfach furchtbar fand, mit welch beklagenswerten Banalitäten Beätchen und Herr Reimer mich einst zum Umdenken zu bewegen suchten. Banalitäten, die noch nicht einmal von ihnen selber erfunden worden sind. Und dann mit einer Attitüde, als müsse ich gleich aus allen Wolken fallen, ob dieser grandiosen Erkenntnis!
„Der Blick zurück versperrt den Blick in die Zukunft!" oder „die Lösung heißt Lösung!"← dies schrieb Herr Reimer einst wachrüttelnd, und man verstand überhaupt nicht, auf was sich diese Wachrüttelei beziehen sollte?
Dann traten mir auch noch Worte von Herrn Reimer über Buz in den Sinn: „Ich halte ihn für arrogant und festgefahren!"
Muß man es sich gefallen lassen, daß der süße Buz, der jetzt mit so viel sonnigem Eifer wunderbare Erkenntnisse vor sich ausbreitete, derart beschmäht wird? Nein!

Mittags gab es überbackenen Fenchel mit Käse, und es mundete unerhört!

Wir schauten „Schneewittchen" (DDR 1961), und die böse Königin befrug beständig ihr Spiegelbild, wer wohl die Schönste im ganzen Lande sei?
Ich frug Rehlein, ob es ihr seelische Pein bereiten würde, wenn in die Nachbarschaft eine Dame zöge, die noch schöner wäre als Rehlein? Doch dererlei bereitet Rehlein keine seelische Pein.
Mich hätte es sehr interessiert, was der Spiegel wohl geantwortet hätte, wenn die dicke Kammerzofe mal hineingeschaut, und ihn dies gefragt hätte?

Abends:
Buz im Schein der Lampe las in seinem Buch von Tucholsky, Rehlein am Tische etwas Empörendes, Hochgeistiges oder auch hochgeistig Empörendes im „Standard", und nur ich hatte „die ganze Woche" aufgeklappt und las: „Vicky Leandros singt die schönsten Weihnachtslieder, und freut sich auf den Festtagsschmaus".

Der letzte Programmpunkt des Tages lautete, Karlheinz Rohlfing zum Geburtstag zu schreiben. Ich sah das Ehepaar jedoch als eheliche Einheit, und bemailte es somit im Doppelpack, zumal es äußerst unschicklich ist, einem verheirateten Herrn einen Geburtstagsbrief zu schreiben.
Ich berichtete von meinem Auszug aus Trossingen vor neun Jahren – „doch eines Tages werden aus diesen neun Jahren 90 geworden sein!" prophezeite ich weitergeholt.

Ich schrieb, wie ich dies zunächst nicht bereut habe.
„Die Reue kommt erst jetzt beim Tippen!" tippte ich, und dann schilderte ich den Riesen auf dem Marktplatz von Trossingen, der mit einem grenzdebilen Ausdruck im Gesicht auf die wimmelnden Professoren und Studenten blickt.
Erstere eingeschnürt in ein viel zu enges Zeitkorsett, und somit stets in Eile befindlich.
Der Ulla schickte ich zu ihrem Geburtstag den Link "Aber bitte mit Sahne", da sie ja gewiss auch zum Kuchenbüffé geblasen habe? Und tatsächlich antwortete die Ulla zu vorgerückter Stunde und zählte auf ihre artige Art alle Gäste einzeln auf, die gekommen waren. „…und natürlich Rosita!" schrieb sie krönend zum Schluß, da eben die Rosita ein bunter Papagei ist, der auch die schönste Feier noch ein bißchen aufpeppt. Ein soo anderer Mensch als die Ulla, wie man überhaupt nicht mehr anderser sein kann!

Buz wird nun von Tag zu Tag wieder lebhafter. Kunstvoll malte er neue Buchstaben auf Rehleins abgewetzte Computertastatur drauf, auf daß man die Tasten beim Tippen noch besser erwische.

Sonntag, 7. Dezember

Den *ganzen* Tag lang regnete es

Der Schlaf umgarnte mich, und ließ mich am Morgen nach Art eines Galans nicht aus seinen Fängen. Der Regen plätscherte unverdrossen vor sich hin.
Ich hatte geträumt:
Ming und ich spielten in einem Salonkonzert in kleinem Rahmen ein höchst modernes Werk, das ich zwar geübt hatte, und sogar auswendig zu können glaubte. Doch beim Spielen wurde mir klar, daß es in meinem Kopfe bereits zu bröckeln begonnen hatte, so daß ich todfroh war, mich so geschickt hingestellt zu haben, daß ich über Mings Schulter hinweg wenigstens in die Klaviernoten blicken konnte, und selbst jetzt war so manches, was ich, bzw. natürlich meine Violine so von sich gab ganz falsch, auch wenn ich mir Mühe gab, wenigstens so zu schauspielern, als wäre es richtig, und klänge nur seltsam, da dies Klanggebilde ein Spiegel unserer Zeit sein sollte. Die Hörer sollten denken, dies sei höchst modern, und nur den Allerwenigsten und Gebildetsten unter uns erschließlich, und spiegele die rätselhafte Zeit, in der wir stecken.
Manch ein Hochgebildeter wie beispielsweise Gidon Kremer oder Heinrich Schiff spricht „von unbequemen Wahrheiten in der Musik", doch was damit gemeint sein soll, erschließt sich dem grobklötzigen Normalo leider nicht.

Der Applaus am Ende des Werkes war demgemäß mager und verebbte auch augenblicklich, bevor man sich noch von seiner tiefen Verbeugung wieder emporgerichtet hatte, so daß man sich wirklich fragen mußte, ob man das Klavierwerk von Herrn Heike, das unmittelbar an das soeben verklungene Werk angeschmiegt war, nicht einfach streichen solle?
(Ein Paradoxon für Opas Kartei: „Wenn man ein Klavierwerk streicht.")

Beim Frühstück erzählte ich den Erwachsenen so überaus plastisch von den genmanipulierten Kühen, die ich auf einer Reise kennengelernt haben will:
Aus jeder der vier Zitzen kommt eine andere Milch: Kuhmilch, Schafsmilch, Ziegenmilch, und Stutenmilch. Dem Tier wächst Schafswolle, es legt Eier – man kann darauf reiten, es aber auch vor einen Schlitten schirren, und es käme aus einer Zuchtstation für sog „all-in-one" Tiere, wie es international heißt.
Hi und da eröffnete Rehlein ein anstrengend anzuhörendes Tadelfeuer auf Buz und seine laschen Bewegungen, und Buz verzog den Mund hierzu ein wenig unvorteilhaft, so daß dahinter für den Moment nicht mehr viel Schneid bei den Frauen vermutet werden durfte.
Doch beim nächsten freundlichen Lächeln war der Schneid wieder da. Buz lehnte sich an den Kachelofen, und durch die Wärme kam wieder etwas Leben in ihn, als er seinen Themenfaden, die Violintechnik-

kunde wieder aufnehmen konnte, die allmorgendlich auf der Agenda steht.

Onkel Dölein schrieb, leicht muffig im Tonfall, über seine immer mäßiger werdende Gesundheit. Er schrieb´s auf die Art einer kümmerlich auf der Eckbank zusammengesunkenen Gestalt, in welcher jeden Moment ein erneutes Zipperlein auszubrechen droht, und dieser Brief schürte meine Lust nach Florida zu reisen leider nicht übermäßig an.
Ferner schrieb er, daß sein Entschluß, NICHT mit nach Kenia gereist zu sein, goldrichtig war. Dort hatte die Debbie 3400 Bilder geschossen, da sie und die ganzen Teapartlerinnen den Besuch so mehr oder minder durch das Smarthphon genossen haben.

Ming hat Rehleins geplanten Besuch in Aurich dingfest gemacht: Am 15. Dezember wird uns Rehlein über die Wolken hinweg entrupft, und am 21., am Vorabend von Pröppileins zweitem Geburtstag, bekommen wir unsere Frau Mama wieder zurückgeliefert. Für Ming ein Korb mit purem Gold, der allerdings nach sechs Tagen wieder verschwindet, für mich aber ein klaftertiefes Loch, das in mein Dezembergewebe gerupft wird, - nach sechs Tagen jedoch gottlob wieder aufgefüllt wird, und besonders wegen dem Ofen, und dem zum frösteln neigenden Buz kann einem bang werden.

Mittags gab´s eine köstliche Speise: Dunkelbraune, weichgekochte Hühnerbeine mit flutschigen Bandnudeln.

Zu Mahlzeitsbeginn mußte Buz eine Litanei über sich ergehen lassen, weil er sich das Hühnerhaxerl mit der Serviette gegriffen hatte.

Rehlein lamentierte auf Mingesart noch eine Weile herum, - jeder Vorwurf wird als Ouvertüre zu etwa sieben Variationen genutzt, - gepuffert mit heftigen Ausrufen wie beispielsweise diesem hier: „Ich MUSS Dir das sagen!!"

Doch nachdem die Litanei verklungen und vorerst verdrossenem Schweigen gewichen war, genossen wir das köstliche Mahl, das seinerseits wieder in die Märchenzeit überging, und in Vorfreudenfröhe schaltete man den Televisor ein:

Durch einen Fluß trieb ein kleines Baby in einer Nußschale, das in die Mühle zu geraten drohte, und eine junge Müllerin mit mittelalterlicher Haube schrie: „Rettet dieses Kind! Rettet dieses Kind! – Dann will ich mir nie wieder etwas wünschen!"

Da erbarmte sich der Ehemann und sprang ins Wasser.

„Hättest du auch so reagiert?" frug ich Buzen.

„Ja, natürlich!"

17 Jahre später sah man einen faulen Jüngling in einer Astgabel eines Apfelbaums sitzen.

Man hatte also nicht einmal das Jugendamt informiert?

Die Müllerin hatte sich schon so lange ein Kind gewünscht, daß es damals wie gerufen kam!

Durch klatschnasse verdörrte Blätter rannte ich auf die spitze Kirchturmszipfelmütze von Lanzenkirchen zu, und im Fenster vom Heurigen sah man eine sehr schöne Kerzenpyramide, die mir den Weg zu leuchten schien.

Daheim begann ich unverzüglich weiter zu üben, und stellte mich hierfür vor das Dachgebälksfenster, um den Winterabend für das Schatzkästchen der Erinnerungen aufzusaugen.
In stummem Wettkampf mit dem eintrübenden Dämmer, der leider immer viel zu rasch vom Tage Besitz ergreift und hernach selber schwindet.
Unten in der Stube lief ein Film über Ägypten, und hernach einer mit Sophia Loren. Buz freute sich sehr, daß einem einfach so, aus Freundlichkeit, so wunderschöne Filme serviert werden.
Auch der „Weltspiegel" im Anschluß an die „Lindenstraße" war höchst interessant:
Man schaute auf das hell-türkisfarben getönte Meer an der Küste Thailands drauf. Schöner als im schönsten Urlaubsprospekt – ja, man könnte von einer Vorahnung auf's Paradies gestreift werden.
Ferner lernten wir einige unbekümmerte Leute kennen, die dort auf ihren Hausbooten leben. Es heißt, sie führen ein paradiesisch schönes Leben.
Man sieht's an den fröhlichen und glücklichen

Gesichtern. Begriffe wie „Sorge" und „Verdruss" gäb es in deren Sprache gar nicht, so daß es Mühe machen würde, einen Roman von Thomas Bernhard gescheit in diese Sprache zu übersetzen.

Saisoneröffnung in der Mailänder Scala mit Beethovens Fidelio der bis 23 Uhr dauern sollte, und äußerst kunstvoll vorgetragen wurde.
Annette Gerlach, die kühle und wohlbekannte Arte-Dame interviewte einen Herrn mit dem für einen Sänger außerordentlich passenden Vornamen „Siegfried" – einer Variation von Herrn Gaßmann, meinem gemütlichen Gitarristen in Worpswede.
Einem Gaßmann der Gesangskünste, wenn man so will, der früher Horn geblasen habe, bevor er sich zum Sänger umschulen ließ, und vielleicht ein bißchen an der Entfaltung seiner vollen Genialität behindert wurde, weil er einen Gefangenen darstellte, der im Liegen sang, so daß man qualitativ vielleicht ein wenig im Schatten des chinesischen Basses stand/lag?
Auch Maestro Barenboim, mit gemähten weißen Frisurresten auf der blankpolierten Glatzenoberfläche, und auf einem thronartigen Sessel sitzend, wurde von der kühlen Scharmanze interviewt. D.h. Soo kühl ist sie vielleicht gar nicht, und dem Barenboim gegenüber gab sie sich direkt ein wenig heißblütig. Es galt, den Vielbeschäftigten mit quirligen Fragen ein wenig aus der Reserve zu locken.

„Warum Fidelio?"
Man schießt einen kleinen Fragenpfeil ab, und muß doch damit rechnen, daß eine so törichte Frage, wenn auch aus einem Munde, dem als Mann es ein Jammer wäre, ihn unbeküsst zu lassen, eventuelle künstlerische Unwirsche aufwirbelt?
„Die einzig rischdigge Antwort lautet: „Warum nicht Fidelio!" bediente sich der Maestro mit seinem leicht schmatzenden, stets aufgebracht wirkenden Grundakzent einer Antwort, die direkt von Anne-Sophie Mutter hätte stammen können.

Montag, 8. Dezember

Petrus hatte den Duschhahn abgestellt,
und nach kurzer Besserungstendenz (unbeleuchtete,
mattblaue Himmelsoasen inmitten grimmigster
Sudelwolken in
bleistiftsgrau und hellschwarz)
stellte er ihn wieder an

Mit jedem vorangeschrittenen Tag wird Rehlein nun näher an die Abschussrampe der geplanten Reise gespült. Sorgen blubberten auf: Sechs Tage, und doch gefühlte sechs Jahre ohne Rehlein.

Rehlein erteilte mir eine Lektion im Kachelofen Entzünden.
Gebannt warteten wir auf´s Auflodern der Flammen.
Ich bin Pyromanin, und liebe es, den Flammen beim Züngeln zuzuschauen, und Rehlein brillierte bald darauf daneben in ihren Gymnastikposen.

Ein süßer kleiner Elefant – erinnernd ans Pröppilein – wetzte über den Bildschirm. Begeistert, und den Kopf angefüllt mit juvenilem Unfug, der von den Erwachsenen nicht gutgeheißen werden kann.
Schon wieder räkelte sich der Pädagoge in Buzen.
Doch zunächst frühstückten wir, und Rehlein wollte wissen, ob die Oma Ella Buz wohl einst hinausgeworfen habe?
Ob es ihr mit ihrem pubertierenden Sohne auch so erging wie heut der Katharina mit ihrem schwer erziehbaren Sohn Marius? frägt man sich heut.
Buz ging nicht groß auf diese Mutmaßungen ein, und erzählte stattdessen vom Onkel Ebi, seinem Unglück mit dem bösen Uschilein, und wie die Omi Ella mal in vernümbfdich aufbereiteten Worten Worte wie diese gemacht hat: Daß man eine Frau, die Selbstmord verüben will, nicht davon abhalten solle.
„Aber Herr Reimer hat sich doch auch mehrfach die Pulsadern geöffnet!" fuhr nun wiederum ich auf mein Thema auf „...nur eben leider nicht fachkundig genug!"

Rehlein sprach davon, daß sie sich niemals in einen Herrn mit einem Kreuzkettchen um den Hals verlieben könne, und dann womöglich noch auf einer haarigen Brust=igitt! Bääh! Die haarige Brust und das Kreuzerl hatte mir auch nicht gefallen, doch um einen Menschen zu finden, an dem einem wirklich alles gefällt, müsse man schon sehr lange suchen. So lang, daß das Leben womöglich vorbei ist, bevor man ihn gefunden hat? Und mit dem Einsatz der Psychose hat Herr Reimer das Kreuzerl abgenommen und nie wieder umgehängt. *Er spülte es zum Klosett hinab, und drehte sich getreu seinem dümmlichen Motto: „Der Blick zurück versperrt den Blick in die Zukunft!" auch nie wieder danach um.* Stattdessen beugte er, der einstig entrüstete Vegetarier, sich im „Minimal-Trossingen" über die Fleischtheke und sagte zu dem Wurst-Fräulein: „Hmmm! Sieht *das* aber lecker aus!" Und dabei sah das genmanipulierte rote Fleisch überhaupt kein bißchen lecker aus. Es sah einfach nur eklig aus.

In der Violinstunde:
Folgende Frage brannte mir auf der Seele:
Eine zu Zwecken der technischen Verbesserung niedergespielte A-Dur Tonleiter klang direkt so, als sei sie aus Beethovens Tripelkonzert herausgebrochen worden. Nackt und bloß, ihrem Sinnzusammenhang beraubt – zur Verdeutlichung eines technischen Ablaufs in unserem Musikzimmer abgestellt.

„Wie kann eine simple Tonleiter in A-Dur so nach Beethoven klingen?" wollte ich fragen, doch in Buzens dichtem Wortgewebe fand man keine Lücke, um diese ein wenig abseits vom Thema stehende Frage anzubringen.

Auch wenn das Wetter sich verbessert hatte, so war es überall morastig und pfützig, und ich regte mich schrecklich darüber auf.

Tag für Tag zieht vorbei, und Frau Reimer bekommt den versprochenen Brief nicht, so daß ich in ihren Sinnen bislang wohl nur „so ne Frau" bin, die mal als Backfisch in ihren Jürgen verknallt war?
Bekäme sie meinen Brief aber doch, so wäre sie womöglich überrascht, denn schreibt so eine abgewimmelte Liebestrunkene, die ich in ihren weltfremden Vorstellungen womöglich bin? Mehr noch: Der Brief enthält auf irritierendste Weise Worte, die der Jürgen am Anfang der Liebe auch für sie benützt hat, die nun aber lange in den Orkus der Vergessenheit hinabgerutscht sind – plötzlich jedoch, wie von einem Angelhaken hervorgefischt wieder ganz plastisch vor einem stehen.
„Vor dem Einschlafen denke ich zuweilen an Dich!" Dieser angebliche Gedanke des doch angeblich so Wahrheitsliebenden stimmte jedoch in dieser Form kaum. Richtig wäre gewesen, er hätte gesagt: „Die Gedanken an Dich rauben mir meine Nachtruhe. Ich liege neben meiner Frau und verzehre mich nach

einer Anderen. Erst in den frühen Morgenstunden, gegen 7 Uhr, falle ich in einen bleischweren anstrengenden Halbschlummer, aus dem ich Stunden später wie gerädert, und hinzu kein bißchen erfrischt, wieder erwache!"

Mittags gab´s ein leckeres, mit Käsespähnen angereichertes Süppchen der Firma „Ja!" und hernach den köstlichen Gartenkürbis, den Rehlein raffiniert in Chili-Tee geschwenkt hatte.
Hmmm! Ein Hochgenuss.
Buz im Lehnstuhl schaute „in aller Freundschaft", doch nach einer Weile schaltete er um, und in „arte" lief jener Film, den ich bereits kannte, so daß ich mich jetzt als Expertin aufspielen konnte:
„Eine Jugendliebe" mit der sauren, 15-jährigen Camille, die von ihrem gelockten Liebhaber besessen war. Darüber hinaus hatten sich die beiden aber leider nichts zu sagen. Das saure, und doch irgendwie hübsche Mädchen, - erinnernd an die junge Martha Argerich einst, - mit dem man ja doch keinen Abend würde verbringen wollen, weil es einfach nichts zu sagen gäbe.
Ich übte den ganzen Nachmittag, und dann freute ich mich auf ein geselliges Adventsbeieinandersitzen mit meinen geliebten Eltern.
Rehlein wuselte geradzu beätern* die ganze Zeit in der Küche herum, und plötzlich fielen mir die unwirschen Handbewegungen, die sich Rehlein in der Opa-Nachfolge vom Opa abgeschaut und

zueigen gemacht hat, auf die Nerven. Der dreifach gewinkelte Arm macht eine unwirsche harte, zackige und unfroh stimmende Wegschleuderbewegung nach hinten. Eine Bewegung, die sehr gut zu einem Munde passen würde, der wie ein umgekehrtes „U" verzogen ist.

*Beätern: Nach Art unserer Tante Bea in Kalifornien Hektik ausströmend

Buz war schon wieder von Kopf bis Fuß auf Fernsehgenüsse eingestellt – etwas, das mir nun bald zu viel wird: Ständig an irgendwelchen „Pssst"-Bezischungen anzuschrammen.

Diesmal hatte Buz jedoch etwas erwischt, das zu verpassen wirklich schad gewesen wäre.

Eine Geschichte über Leonardo da Vinci:

Im Jahre 1998 tauchte ein Bild auf, das bei „Christies" zum Jubelpreis von nur 12 – 16 000 € versteigert wurde. Doch dann erkannten vereinzelte aufmerksame Menschen die Handschrift vom Leonardo auf dem Portrait eines hübschen jungen Mädchens.

Onkel Dölein, der leider an einer lästigen Darmträgheit laboriert, versuchte selbige aufs Alter zu schieben. Er probiert irgendwelche Vodootänze oder -praktiken dagegen aus. Ob es aber wirklich das Alter ist?

Es liegt doch wohl eher am Ärger, und zwar an jenem Ärger, den man aus Ärgerwut behalten will. Man behält ihn, weil man sich weiterärgern *will*.

Die verärgerte Ehefrau bleibt bei ihrem Mann, der verärgerte Ehemann bleibt bei seiner Frau. Man schenkt sich gegenseitig ein goldenes Klistir zur Goldhochzeit und ärgert sich gemeinsam und doch aneinander vorbei über die Fliege an der Wand!
Zu diesen Gedanken schürte ich das Feuer im Kachelofen, und Rehlein war so beflügelnd.
„Wunderbar hast du das gemacht!" freute sich Rehlein über ein flackerndes Feuer.

Beim Abendessen war Buz schon wieder von Kopf bis Fuß auf Fernsehen eingestellt. Es lief „Robin Hood" aus dem Jahre 1938. Schon damals in Farbe, als uns der Storch den kleinen Buz gebracht hat.
Ein wunderschönes Geschenk von OBEN, das auf Erden bereits auf einen wartete, als man Jahre später selber auf die Welt kam.
Und was gäben wir heut drum, ein Kinderfilmchen vom kleinen Wölflein anzuschauen.

Der Film sei so köstlich, schwärmte auch Rehlein begeistert.
Ich versuchte mich noch ein bißchen an einem Brief für Frau Reimer, aber er geriet etwas früchtebrötern, und wirkte nicht „spontan aus einem Guss", sondern eher so, als sei er aus anderen Briefen zusammengestückelt, die ich offenbar für „geistvoll" gehalten hatte. Hahaha – da lacht der Briefanalytiker.

Wie dem auch sei: Einer Witwe schmeckt alles schal.

Bis zur Beerdigung hat man noch auf dies große, finale Fest hinleben dürfen, doch hernach zerbröselt die ganze restliche Lebensfreude. Frau Reimer hat keine Kraft mehr, die Mails überhaupt herabzuladen, geschweige denn, irgendwelche Schriftstücke aus dem Briefkasten herauszuklauben.
Die Leute haben das bißchen Beileid, das sie erübrigen konnten bei ihr abgeladen, und fassen wieder Tritt in ihrem eigenen Leben, und was soll man hinzu mit all dem fremden Beileid?
Es wird still und kalt.
Die Schritte in den alten Filzpantoffeln tönen hohl und schwer durch das Wohnzimmer mit dem leeren Sorgenstuhl.
Tagsüber setzt sich Frau Reimer auf jene Bank, wo Herr Reimer im letzten Sommer seines Lebens zu sitzen pflegte, und spürt die Kälte nicht (mehr). Sie hat nur noch einen letzten Wunsch: Ab zu ihrem Jürgen.
Zu diesen traurigen Gedanken bereitete ich Buzen seine Wärmflasche zu.

Dienstag, 9. Dezember

Nach grauschraffiertem Beginn entfaltete sich so
allmählich freundlicher Sonnenschein.
Orangegetönte gerupfte Wattewölkchen
schwebten am Horizont

Rehlein schritt wie allmorgendlich zur Gymnastik: Man spürte ihren guten Willen, mich als Heizlehrling aufzubauen und zu ermutigen, doch Rehlein wäre wohl kaum sie selber gewesen, wenn sie in ihren gymnastischen Verrenkungen nicht doch ein Auge auf meine, zwar schwungbefüllten und mit Freude ausgeführten, so letztendlich doch ungelenken Bemühungen geheftet hätte, um im Bedarfsfalle auf belehrende Weise einzugreifen.

Rehlein vermisste ihre Frühstückstasse, und als ich sie in ihrem Zimmer fand und herbeiholte, war Rehlein mir gefolgt, und belehrte mich gleich, wie ich die Tasse wohl angehoben habe? Nichts bleibt unkommentiert! Ming in mir räkelte sich in Form fassungsloser Worte, aber auch in Form eines fassungslosen Gesichts, und das süße Rehlein wurde ganz zerknirscht und ganz lieb davon.

Buz hat wieder großen Appetit: Vor ihm stand sein Müsli, und Rehlein, in ergriffener Freude über den Genesenen, schüttete so viel Milch zu, daß sich Buzens Müsligericht in eine Müslisuppe verwandelte. In den Zoogeschichten im Televisor sah man, daß die Schneeeeulen-Familie Nachwuchs bekommen hatte, so daß der Vater den Tierpflegern etwas ungemütlich hätte werden können.
Der Schneeeulenfamilienvater fütterte seine Frau mit einer frischgefangenen Maus. Rehlein fand das so

rührend, und hätte sich doch auch mal so einen Mann gewünscht!

Historische Erinnerung
aus den frühen 60er Jahren:

In Grebenstein:
Buz hatte seine junge Braut mitgebracht, und Omi Ella schlug innerlich die Hände über dem Kopf zusammen über das unreife junge Ding. Und dann schmierte Buz Butterbrote und schrieb mit Schnittlauch „Erika" auf ein Brot!
Geht's noch??
Und sollte Rehlein dies vergessen haben?

Nach der Violinstunde entschwand Buz zu seinem obligaten Vormittagsspaziergang, und Rehlein ließ sich etwas erschöpft im Sorgenstuhle nieder, und erzählte eine Buzgeschichte: Wie man in Italien ein Schloß fand, und Buz nach Art des Ehemanns von „der Plessner*" Kaufbereitschaft signalisierte, so daß der Besitzer dem jungen Ehepaar alle Zimmer einzeln aufschließen mußte, während Buz bereits wundersame Pläne entwickelte, auch wenn er doch bislang nur vom Brösel seines Schwiegervaters lebte!

*Die Plessner: Eine Ärztin aus der „Schwarzwaldklinik", deren Ex seine Frau einst mit Passagen der folgenden Art gefügig zu machen trachtete: „Die Träume von heute sind die Realitäten von morgen!" Doch da hätte man die Plessner mal rumzetern hören sollen, als er diesen öligen Spruch im reifen Alter erneut abließ!

„Du könntest Dich dann um die Rosen kümmern!" hatte der süße Buz damals animierend zu Rehlein gesagt, weil er ja wußte, daß seine Liebste einen grünen Daumen hat.

Die Besitzer, die sich doch über einen Interessenten gefreut hatten, wurden indes stocksauer, als ihnen plötzlich klar wurde, daß es sich um einen jungen Aufschneider handelte, der sich lediglich vor seiner Liebsten aufplustern wollte, und Rehlein hatte sogar das Gefühl, daß die Frau hernach ganz schecht kochte, und denen gar ins Essen spie!

Das Telefon klingelte.

Bald darauf klang Rehlein so vergnügt und aufgeregt, denn das Pröppilein wollte *mich* sprechen.

Doch das Pröppilein atmete nur in den Hörer hinein und lachte verschmitzt, wie mir hernach erzählt wurde.

Ming berichtete allerlei aus seinem Leben als Familienoberhaupt: Heute sei man bereits Karussell gefahren!

Dann hopste mir das Pröppilein durch den Hörer etwas vor und sang ein Lied, so daß ich den Hörer aufgeregt an Rehlein weiterleitete.

„Ich kann´s kaum erwarten!" rief das süßeste Rehlein über den bevorstehenden Besuch bei ihren Lieben in den Hörer hinein. .

Pröppilein sagte: „Schuean, Jackean, Blätter sammeln, hui hui!"

Ich erinnerte mich daran, daß Frau Renate Wyss heut ihren 74. Geburtstag feiert.
Doch leider hob bei denen niemand den Hörer ab, und dabei war der bezaubernde und telefonierfreudige Buz so erwartungsfroh ins Zimmer geeilt, um gleich ein, zwei launige Sätze auf seiner Heimatsprache Hessisch abzupfeffern.

Mittwoch, 10. Dezember

Wunderschön sonnig

Buz mußte heute auf den Grimmenstein, jenen Ort auf dem hohen Berge, in welchem das Lungensanatorium steht, und verlangte nach seinen Unterlagen. Eine harmlos vorgetragene Bitte, ähnelnd einem Schulkinde vielleicht, das eine Unterschrift unter eine beschämende Note braucht, doch bei Rehlein wird in so einem Falle immer ein Fäßlein angestochen, und ein bitterer Erinnerungsschwall spritzt steil in die Höh´ und sorgt für Hektik und Unfrieden.
Denn das fleißige Rehlein hatte doch alles so gewissenhaft abgeheftet.
Nach Art eines Dickhäuters entfernte Buz sich bald, während Rehlein noch herumsuchte und hektische Bitternisse von sich gab.

Die Sonne gleisste in unser Heim herein, und wieder spürte ich Erbanteile von meinem Vetter Rifflein aus Amerika in mir.

Stritten Bea und Ric lautstark, so daß sich drumherum eine Beklommenheitsstarre bilden mußte, so reagierten die drei Kinder höchst unterschiedlich.

Die Linda zog sich in ihr Zimmer zurück, lernte, und stülpte sich hierzu Kopfhörer auf die Ohren. Das Jennylein verließ das Haus, um ihre Freundin Sandra zu besuchen, und bloß das Rifflein stand fassungslos dabei - wie bestellt und nicht abgeholt, grad so, als habe jemand seine Pantoffeln am Fußboden angenagelt.

Und so erging´s nun mir: Man möchte Rehlein mit Rat & Tat zur Seite stehen, doch jemand nagelt einem die Pantoffeln an.

„Ich habe nur noch einen Wunsch: *Eine* Stunde lang keine empörende Buz-Geschichte!" sagte ich, und meine Stimme klang dabei grätig und genervt, und bin nicht *ich* diejenige, die beständig predigt, daß man das Zwiderwurzelige nicht so spüren lassen solle?

Ich joggte in schönstem, glitzrigen Winterwetter herum. Doch so schön es auch war, meine Gedanken waren es nicht. In Gedanken erzählte ich Frau Reimer, das ihr Jürgen ein Arsch war, über den man ganz andere Aushauchreden hätte halten müssen: Auf dreiste Weise hatte er verhindert, daß Buz Professor wurde, indem er mit den Mitgliedern der Kommission Geschäfte ausgehandelt hatte. An Stelle Buzens wurde der farblose Gottfried R. aus S. gesetzt, dessen Unterrichts"künste" im Vergleich zu jenen Buzens nicht einmal mehr als lachhaft bezeichnet werden können. Er sagt Dinge wie: „Hier spielst du noch ein bißchen sehr für dich!" oder: „Psssst!!! Piaaaaano, steht da!" „Con moooto!" und vieles mehr – unterrichtet ausschließlich Studenten, die seine Hilfe gar nicht nötig haben, und kassiert dafür bis zum heutigen Tage ein saftiges Professorengehalt, das von Rechts wegen dem mit geradezu magisch anmutenden pädagogischen Gaben gesegneten Buz zugestanden hätte.

Auf paranoide Weise bildete Herr Reimer sich ein, Buz wolle ihm seine Karriere vorzeitig abwürgen und ruinieren, und dem wollte er vorbeugen, in dem *er* nun Buzens Karriere vorzeitig abwürgte und ruinierte, da er sich auf Art gewisser Jemanden in Aurich am längeren Hebel bedünkte.

Ich dachte zirka 25 Minuten lang bitonal an zwei Gedankensträngen herum, und während ich den Groll auf den verstorbenen Herrn Reimer nach einer Weile wieder in die Tiefkühltruhe zu den bösen Gedanken sperrte – gleich oben drauf, weil ich den ja ständig wieder zur Hand nehmen will, - versuchte ich mich gleichzeitig wieder warm auf das allersüßeste Rehlein daheim einzustimmen.

„Onkel Dölein frühstückt auch gern lang!" erzählte ich Rehlein, denn in meiner Erinnerung ist das Frühstück für Onkel Dölein ein warmes Wannenbad des Behagens. Man setzt sich genußvoll hinein, hoffend, es nie wieder verlassen zu müssen, da das Leben außerhalb und drum herum meist anstrengend und oftmals unerfreulich ist. Die Tante Debbie jedoch drängt es, etwas aus ihrem Leben zu machen, so lange man noch ein bißl jung ist. Reisen, Freunde treffen, Partys u.v.m.

Ich wollte, daß Rehlein nun endlich mal losfrühstückt, doch Rehlein fiel immer noch etwas Wichtigeres ein, und ein bißl war´s so, wie bei der Tante Bea, indem man in der Küche beständig Rehleins Schöpfle, als kleinen krönenden Deckel einer hingebungsvollen Ausstrahlung auf und abtänzeln sah.

Man könnte Rehlein umbenennen wie in einem Märchen. In „Niemals müßig Deine Hand".

„Niemals müßig deine Hand" rührte in der Küche die Speisen zusammen, und dazu hatten wir uns so viel Fesselndes zu erzählen: Wie ich die Schmiedingers einst in ihrem düsteren Haus besuchte.

Man nennt einen Namen, und drum herum scheint sich das Muster einer ausgeleerten Flüssigkeit zu bilden – so viele Erzählflüsse bilden sich - und während das hibbelige Beätchen in diesem Falle wahrscheinlich mit dem Lappen danebenstünde, um die alle wegzuwischen, und die eingesparte Zeit in irgendwelche Koch-, Putz- oder Enkelaufzuchtaktivitäten umsetzt, würde ich wohl am liebsten alle

gleichzeitig erzählen, und nun sprach ich lustvoll über die Schmiedingers:
Beginnend mit der dicken kleinen Enkelin Enna, - wie ich Frau Schmiedinger einst in der Buchhandlung traf, als sie sich das Buch „Der kleine Tyrann" kaufte. Und auf wen, wenn nicht auf die dicke kleine Enna, sollte dieser Buchkauf wohl gemünzt gewesen sein?...
Ferner sprach ich von *Herrn* Schmiedinger, mit seinem von den Jahren leider windschief gepusteten Gesicht, das ausschaut wie nach einem leichten Erdrutsch, und wie sich zwischen Frau Schmiedinger und mir ein tiefer Graben des Nichtverstehenkönnens befindet – wir sprechen einfach eine verschiedene Sprache.
Ich erzähle etwas, es kommt anders an als gedacht, und wird somit mit einem eher unpassenden Kommentar versehen. Drum muß ich all meine Worte etwas verdreht anbringen, und kenne mich darin selber nicht mehr. Eine tiefe Freundschaft mit Frau Schmiedinger ist somit leider nicht möglich.

Schon nach kürzester Zeit kehrte Buz nach Hause, und Rehlein entschwand aus unserem Leben um hinweg zu radeln.
Mir oblags´s aufzupassen, daß der große Kochtopf gleich zu klappern begänne, wozu ich ihn dann vorerst auf Null zurückschalten solle. Doch er klapperte nicht, während es den Pädagogen in Buzen

doch bereits in allen zehn Fingern juckte, mit der Arbeit loszulegen.

Da hat man einen pädagogischen Braten an Land gezogen, und dieser Braten muß unbedingt warten bis der Kochtopf losklappert! Der Topf klapperte immer noch nicht, und weil ich Buz nicht warten lassen wollte, hielten wir die Lektion im Eßzimmer in Topfhorchweite ab.

Hernach schauten wir bei Youtube auf Gidon Kremer als h-moll Interpreten drauf, und ich hatte unterschwellig gehofft, die bewundernden Blicke auf Gidons makellose linke Hand, von meinen bewundernden Blicken aufgesaugt und verinnerlicht, sei Buzen Pädagogik genug.

Buz lobte die Linke zwar sehr, sprach jedoch davon, daß ihn dieses Violinspiel kalt lasse.

Ich aber nahm anwaltsgleich Partei für den Gidon, indem ich immer wieder einen lobenden Einwurf machte, z.B., wenn er einen Ton ungewöhnlich oder interessant einfärbte.

Im Musikzimmer spielte ich einen Teil der h-moll Partita, und schaute dazu auf meine Finger im Schrankspiegel drauf. Doch ob es wirklich die Finger waren, auf die ich draufblicken, oder ob ich mich eher von Buzens Blicken und Ohren hinwegdrehen wollte, sei dahingestellt. Er jedenfalls stand wieder bürzelwärmend am Kachelofen, und hat es vielleicht nicht so gern, wenn ich einfach so spiele, da er lieber „Techniiiik" betriebe, und dieses Wörtchen spricht

Buz aus Schabernack gern so aus, wie einst sein alter Lehrer, der gebürtige Ungar Sandor Vègh*.
Man merkt dies daran, daß Buz einem beständig in sein Violinspiel hineinspielt und hineinredet. Er möchte das einfach nicht hören, so wie der Onkel Hambum das Pröppilein auf dem Foto in Mings Läptop nicht anschauen wollte.

*Ein Herr, der bereits mit drei Jahren einen Reifestop erlitt: Er blieb im Zornesalter stecken und gebärdete sich ein Leben lang wie ein ungezogener Dreijähriger, der sich auf den Boden wirft und mit den Beinen strampelt, wenn etwas nicht so läuft wie ER es will, und sich über diese Unverschämtheiten hinaus obendrein noch wie selbstverständlich als „erster Mann im Lande" fühlte.

Beim Mittagessen erzählte ich, wie die Veronika mich einmal mißinterpretiert hat:
Der Jorberg erzählte so fesselnd von seinem Eheleben, meine Ohren plusterten sich Dem interessiert entgegen wie Grammophontrichter, und da sagte die Veronika mitten in die bannenden Worte des alten Herrn hinein einfach:
„Das interessiert doch die Kikaaaaa nicht!"
Heut gab es ein köstliches Mittagsessen:
Möhrenrädchen mit Gerste! Hmmm! Dies mundete.

Ich erzählte Rehlein plastisch von der Kinzigtaler-Mentalität, da ich zwei Damen aus dem Kinzigtal persönlich kenne, während Rehlein an meinem roten Wams strickte, und Buz zu einem Spaziergang aufgebrochen war.

Viel zu rasch ging die Sonne unter.

Dann erzählte ich von Anna J., einer gebürtigen Ostfriesin, die immer so strikt sei: Ihre Augen werden ganz dunkel vor Striktesse, und kein noch so heftiger Sturm vermag es, ihre strikte Meinung zum Thema „Eheleben", oder aber zum Thema „Schulsystem", umzupusten.

Anna J. ist beispielsweise der Meinung, ein Ehemann müsse sich im Hinblick auf seine Mutter klar positionieren: „Die Ehefrau und niemand sonst hat an erster Stelle zu stehen §19a BgB bs.56 (Zahlen möglicherweise leicht durcheinandergewirbelt).

Ferner ist sie der Meinung, daß die wenigen Musikstunden in der Schule nicht zum Notenlernen sondern zum gemeinsamen Singen zu nutzen seien.

§ 36 Absatz 451a (Zahlen ebenfalls mangelnder Fachbildung zur Schand leicht durcheinandergewirbelt).

Buz scheint manchmal plötzlich auf freudigen Schwingen bzgl. Künft´jem zu sitzen. Darauf getragen übte er die zweite Sonate von Bartòk. Dies gefiel auch Rehlein, so daß sie dem emsig Übenden ein Küßchen brachte.

Wie es der Zufall so will:

Heut kam eine Weihnachtskarte von Frau Schmiedinger, die auf jene Art schrieb, wie es eben Erwachsenenart ist: Nachdem das Wetter dank der frisch erfundenen Wetter-App als Brieffüllmaterial gestorben sein dürfte, nimmt man sich nun eben Geographisches vor: Sie berichtete, daß man zu Weihnachten nach Kapstadt fahre, wo es nach 26 Jahren ein Wiedersehen mit ihrem Bruder geben wird – einem Herrn, der es nicht so mit dem Briefeschreiben hatte, so daß man sich schon beinahe fremd geworden sei. Und vielleicht erwartet Frau Reimer ja auch nichts anderes, wenn sie sagt, sie bekäme gerne Post? Vielleicht sollte ich ihr einfach die Karte von Frau Schmiedinger abschreiben – eine Karte, auf der man den Weihnachtsmarkt von Aurich bestaunen konnte, und nun schwärmte ich Rehlein vor, wie hübsch Aurich geworden sei!

Wenn Rehlein am Montag in Oldenburg von ihren Lieben abgeholt wird, so will man zunächst gemeinsam in jenem Sushi-Lokal speisen, das einfach fantastisch sei.

Ich schrieb meiner Kusine Linda in Amerika, und geriet dabei überraschend in Fahrt: Nach warmen Einleitungsworten beschwärmte ich Miettes Talent und warnte vor der Beatenlogik, die Miette von der Klavierstunde abzumelden, damit der Charles nicht eifersüchtig wird. Nein! „Nicht, deswegen schreibe ich", schrieb ich, „sondern weil der Jim Geburtstag hat(te). Auch die Eri liebt ihn wie einen leiblichen Schwiegersohn, so daß sie ihn am liebsten mitgenommen, und bei uns zuhause aufgestellt hätte", bescherzte ich das Lindalein brieflich.

Zum Abendessen las uns Buz aus seinem neuen Buch von Alfred Kerr vor, und ich finde, Buz liest so schön! Am liebsten sähe ich es, wenn er uns die gesamte Weltliteratur auf Kassette aufspräche.

In Rehleins Outlook fand sich eine Einladung zu einem Abendessen im Kollegenkreis vom Direktor des Prayner Konservatoriums, dem Ordinarius Dr. Dr. med. mag. Jörg Schmid – leider wenig sympathisch im Tonfall.
Der Eingeladene, den man doch eigentlich mit warmen Vorfreudensworten auf ein fröhliches Miteinander hätte einstimmen sollen, wurde lediglich auf ungeduldige Weise und eher „im Vorübergehen" ein bißchen mit dem Zeigefinger bewedelt, und ersucht ganz rasch Bescheid zu geben, da es für den Hochschulrat gilt, Speisen in passenden Mengen zusammenzukaufen.
Bitte kreuzen Sie auch unverzüglich an, was für ein Essenstypus Sie sind?
a) Vielfraß?
b) Gesunder Norm-Esser?
c) Lustlos in den Speisen Stochernder?
Nein, in diesen leicht humorig zusammengewirbelten Worten stand es nicht da – aber dem Sinne nach.
Da dachte ich mir einen Lustigzeiler aus, den ich jetzt im Namen Buzens niedertippen könnte:

Hallo Herr Schmid! Wenn ich einen vernünftjen Zug erwische, dann seh´ ich mal zu, zu ihrer putzigen kleinen Feier zu erscheinen, und mir den Spaß mal anzusehen. W.K.
Ich versprühte eine Energie, die ich einfach nicht habe. Grad so, als würde jemand in hilfloser Verzweiflung über sein gähnend leeres Konto, die Verwandtschaft in ein Nobellokal einladen.

Abends befaselte ich Rehlein damit, wie Buz und ich die sechs Tage ihrer Abwesenheit zum Putzen nutzen könnten, und erzählte die berührende Geschichte vom Omar (dem Ex von Buzens Exe Hilde).
Der Herr aus dem Senegal, der für seine Pünktlichkeit und Ordnungsliebe bekannt ist, mußte aus seiner Wohnung ausziehen, und so frug er bei der Hilde höflich an, ob er in jener Zeit, während die Hilde ihren wohlverdienten Urlaub auf Juist absolviere, wohl mit seiner neuen Frau und drei kleinen Töchtern in Hildes Wohnung logieren dürfe? Spontan erlaubte es die sehr sozial veranlagte Hilde – als ihr dann aber auf dem Schiff nach Juist der kalte und schubberig stimmende Wind die Haare zauste, und den Kopf wieder geradezurücken suchte, dachte sie jäh: „Bin ich denn narrisch?? Drei Kleinkinder!?!"
Aber als dann die Hilde nach wenigen Wochen nach Hause kehrte, traute sie ihren Augen nicht: So schön ordentlich und sauber war die Wohnung noch nie: Bei ihr schaute es nun aus wie im Journal „Schöner

wohnen" und auf dem Tisch stand auch noch ein riesengroßer wunderschöner frischer Blumenstrauß!
Da wurde der Hilde klar, daß man in Ihrer Wohnung einen Putzurlaub verlebt hatte. Der Omar hatte ausgerufen: „Kinder, wir hauen auf den Putz, und machen einen Putzurlaub!"
„Hurra!" riefen die Kinder.
Und seither wünschen sich alle Kollegen von der Hilde, daß die kleine Familie aus dem Busch auch mal bei ihnen einen Urlaub verbringt, und der Omar kann sich vor Ferienwohnungsangeboten kaum noch retten.

Dienstag, 11. Dezember

lichtgrau

Am Morgen rupfte mich der Wecker aus unerhörter Schlafenssüße.
Mit mir war eine eigentümliche Veränderung vonstatten gegangen: So viele tausende Male im Leben hatte ich mir schon vorgenommen, eine Neue zu werden, und nun wiederum schien ich, *ohne* daß ich es mir vorgenommen hätte, eine Neue *geworden* zu sein. Meine Verärgerungen gegen alles mögliche im Leben hatten sich aufgelöst wie eine Wolke. Ich fühlte nichts als Dankbarkeit und Fröhe, und führte all die Handgriffe, die einen nach so vielen Jahren

auf Erden eigentlich bis zur Elendung langweilen müßten mit viel Freude aus: In die Hose und schließlich in den Pullover zu steigen, …und dennoch begrüßte ich Rehlein mit einem Vorwurf. Das Feuer im Kachelofen loderte bereits.
„Ich bin extra aufgestanden. Ich hab mich schon so darauf gefreut!" knurrte ich in gutmütiger Verdrossenheit. Doch das süßeste Rehlein stak ebenfalls auf der A-Seite, und hatte es doch aus Freundlichkeit gemacht, damit ich endlich einmal ausschlafe.

Ich stürmte in den Wald hinaus. Das Wetter war nicht mehr ganz so schön wie gestern, aber meine Gedanken an Herrn Reimer hörten sich zumindest etwas netter an, auch wenn ich nach wie vor der Meinung bin, die Grabesreden, die den Achim so beeindruckt hatten, hätten ganz anders klingen müssen.
Nein, er war kein Ruhmesblatt in der Geschichte des Städtchen Trossingen.
Diese scheußliche Hochschule! Hätte er sich mal lieber um seine alte Mutter gekümmert.
Doch dann wiederum reckte ich die Gedanken weit zurück, und dachte über den Ursprung des Übels nach: Irgendetwas muß passiert sein, das sein ganzes bisheriges Leben wie ein Kartenhaus zusammenstürzen ließ. Bloß was?

Buz spielte bezaubernde Werke von Fritz Kreisler, und wieder fühle ich wie eine Mutti, deren 15-jähriger Sohn plötzlich einen frischen Eifer an den Tag legt und versucht, ein Neuer zu werden. Stolz, bewegt und froh.

Wieder liefen zum Frühstück Zoo-Geschichten:
„Guck doch mal!" rief ich oftmals auf Art eines Kleinkinds, wenn man beispielsweise einen süßen propperen kleinen Elefanten sah.
Rehlein, obzwar nicht ungutmütig, war hiervon jedoch leicht gestresst. Man schaut hektisch hin, und dann wechselt just in dieser Sekunde das Bild, und man sieht vielleicht einen arbeitsamen jungen Mann, mit einem kleinen Kinnbärtchen, den man nicht unbedingt gesehen haben muß.

Nach einer Weile las Rehlein vermeintlich Empörendes aus dem „Standard" vor: Daß nur wenige Amerikaner einen Atheisten als Präsidenten tolerieren würden.
„Ich hätte auch nicht so gern einen Atheisten als Präsidenten," sagte ich, „da Atheisten wahrscheinlich Psychopathen sind!"
Buz wirkte ganz ernst, denn eine gelbe Verfleckung hinter seinem Ohre bereitete ihm Sorgen, so daß er ganz still und grüblerisch da saß, auch wenn man doch so interessante Geschichten erzählte: Wie der Bratscher Skowronnek seine Enkelin ermordet hat. Motiv: Geltungssucht.

Mit einer Nagelschere in der Hand lief er auf die Pferdekoppel, um einem fremden Pferd etwas Roßhaar vom Schwanz abzuschneiden.

„Was machen Sie denn da?" rief die Besitzerin ganz entgeistert. Der Skowronnek stürmte rasch hinweg, aber das Roßhaar hatte er eingefangen, um es dem kleinen Kind in den Brei zu rühren.

(Wie in seinem inzwischen vergriffenen Buch „Mordmethoden" empfohlen).

Auf dem Bildschirm sprach ein Herr mit prächtigem Lockenkopf, so jedoch ziemlich niedriger Stirn.

„Dieser Herr hat *keine* Musikerstirn!" spöttelte ich auf Art einer höheren Tochter, und dabei sprach dieser, leicht an unseren Anwalt Herrn Reich erinnernde Herr mit einem so überaus sympathischen niederländischen Akzent.

Es handelte sich um einen wirklich interessanten Herrn, mit einem höchst ungewöhnlichen Beruf:

Er als Affenflüsterer war bestellt worden, dieweil sich der Zoodirektor „Herr Hagenbeck" mit dem mondgesichtigen Boss der Orang Utans nicht verstand. Der Orang hielt den Hagenbeck für den Boss, so daß er sich auf verdrossene Weise nicht an die Weibchen wagte, da die ja Chefsache seien.

Jetzt aber hatte man die Rivalen mit einem Trick, den ich leider nicht mitbekommen hatte versöhnt, und der Orang gab dem Bild des Herrn auf dem I-Pad mit so rührend gespitzten Lippen gar einen Bupf.*

*Ein liebes Kinderküsschen

Nun galt´s aber noch ein zweites Problem zu lösen: In der Gruppe wurden schon beängstigend lang keine Kinder mehr geboren, und die Kamera schwenkte zu den gelangweilten Weibchen hin, die immer nur herumhockten und vielleicht ein wenig Gras zupften.

Im Radio hörte man ein Werk von Telemann – interpretiert von „Hiro Kurosaki & friends", wie es heutzutage allerorten international heißt. Perfekt zwar, so jedoch sehr schwer im Bogenstrich und ganz und gar uniform interpretiert, so daß es Buzen keine gute Laune machte.

Als ich einmal in den Keller hinabwetzte, trug ich telemannsche Tongirlanden auf den Lippen – musikalische Meterware, die sich am laufenden Band ausbrüten ließe, auf telemannsche Art jedoch trotzdem leidlich genial ist.

Diese Ausbrütungen, die sich ganz von selber gebildet hatten, wollte ich den Erwachsenen, nachdem ich aus dem Keller wieder emporgestiegen war, gerne vorsingen, doch nun lief Bachs geniales Brandenburgisches Konzert Nr. 5, und hernach auch noch die Kaffeekantate, die ich so köstlich fand.

Ich erzählte Rehlein von Veronikas Mutti:

Erzählt man von ihrer Herkunft und ihren Wurzeln, so zieht in den Sinnen des Anreferiertwerdenden der Fall einer Magd auf, die von einem feinen Herrn der gehobenen Schicht geschwängert wurde.

Eine ungewöhnliche Mischung, die man sich vielleicht so vorstellen darf, als sei die dicke und grobbehauene „Frau Schwemmerl" an der Supermarktskasse bei Billa von einem feinen Herrn aus der Wiener Kulturszene, oder gar einem Spitzenpolitiker oder Professor geschwängert worden, so daß es wirklich interessant und spannend wäre, was sich daraus wohl für ein neuer Mensch ergeben würde?
Ob es zu diesem Thema irgendwelche Studien gibt?

Ich begrüßte Rehlein von außen durch das Fenster vom Häusl, hinter dessen Verstrebungen „der Thronende" immer wie auf dem Beichtstuhl wirkt und riet, meine in tausenden von Joggminuten mühsamst ausgetüftelten Weisheiten anzunehmen: Endlich seinen Ärger zu entsorgen, und die daraus resultierenden Kahlstellen mit etwas Religiosität auszupolstern.

Beim Stricken wenig später sah Rehlein aus, wie von Carl Larsson gemalt.
Ich erzählte genußvoll vom Jorberg.
Rehlein amüsierte sich leicht darüber, daß jetzt wohl wieder die allweihnachtlichen Grabenkämpfe um die Veronika losgingen. Wie an einem kleinen Fröschlein in zwei Entenschnäbeln wird an der Veronika unschön herumgezogen: Feiern bei Mutti oder beim Jorberg? Aber vielleicht holen sie die Mutti ja diesmal zu sich?

Ich erzählte, wie der Jorberg auf dem 90. Geburtstag von der Mutti als „Gast auf Bewährung" brillierte.
Die Damen waren begeistert von dem geistvollen, eloquenten und interessanten Herrn.
„Sieht er immer noch so gut aus?" wollte Rehlein wissen.
„20 Kilo weniger! Die Frisur schlottert ein wenig um das dünngewordene Haupt herum, statt es wie in jungen Jahren helmförmig zu umspannen," sagte ich.

Abends warf ich den Kachelofen an, und fühlte mich wieder so pyroman dabei: Die zunächst *scheinbar* lästige Aufgabe hat sich in eine Obsession verwandelt, und jener Moment, kurz bevor das Feuer auflodert erfüllt mich mit einer begeisterten Spannung. Und außerdem kann ich die Blicke nicht mehr von den Flammen lösen.
Zweierlei geschah: Rehlein lief in die Küche und zog einen langen Strickfaden hinter sich her. Für einen kurzen Moment mußte man befürchten, daß sich Rehleins schönes Strickwerk – ein rotes Wams für mich – aufgelöst haben könnte? Doch gottlob war es nur das Wollknäuel.
Einmal griff Buz nach dem teuren Roquefortkäse, der allerdings in einer flüßigkeitsgefüllten Petrischale lag, und fast über den Rand geflutscht wäre. Das Sitzkissen in der Eckbank wurde besprenkelt.
Dies bemerkte Rehlein allerdings erst durch Buzens zerknirschten Ausruf, und die eheliche Aufschäu-

mung fiel etwas komoder aus, als zu befürchten gewesen war.

Der Veronika dankte ich zu später Stund für den schönen Adventskalender, der heut mit der Post gekommen war, bat jedoch drum, in Zukunft wegen meiner Altersweitsichtigkeit einen etwas größeren zu schicken.

Freitag, 12. Dezember

Ein bißchen sonnig, allerdings tänzelte die Sonne in einem Wolkennest aus leicht türkisgetönten Grautönen. Wärmer

Ganz Monaco befindet sich im Zwillingstaumel! Nicht genug damit, daß 42 Böllerschüsse abgefeuert worden waren, die Monegassen bekamen auch noch frei, auf daß sie sich noch gescheiter über den Segen freuen können, doch eines mag ja die Emanzen unter uns auf die Palme bringen: Hieß es nicht, die kleine Gabriella sei die Erstgeborene? Und doch wurde der Zweitgeborene Jacques Honoré zum Fürsten ernannt, so daß er demnächst sogar recht hat, wenn er sich in Pröppileins Alter als erster Mann im Lande fühlt.

Ich mußte darüber nachdenken, was in letzter Zeit in unserem Bekanntenkreise so herumgestorben wurde, und bat den lieben Gott, die alzheimerbenagte Tante Lisel auch noch zu sich zu nehmen, so sehr wir unsere Lisel in ihrer ursprünglichen Form auch geliebt haben.
Ich bat´s für meinen Onkel Andi.

Dann freute ich mich darüber, den süßen Buz mit seinem munteren Geplausche zur Bahnstation zu bringen.

Frühstück mit Eri:
Wir erzählten einander, wen man wohl nicht leiden könne, und ich mußte sehr in meinem mediokren Bekanntenkreis herumstochern, um ein paar beschmähenswerte Beispiele hervorzufischen, die man nun lustvoll und verbindend in einer Lästereienpanade würde wälzen können. Zwar finde ich ganz viele, - wenn nicht sogar fast alle - blöd, weil die mir nie schreiben, doch wenn man sie dann genau betrachtet, so hat doch fast ein Jeder eine gewisse Daseinsberechtigung, und sei es, um als schlechtes Beispiel zu dienen, so daß mir nun niemand einfiel, den ich nicht leiden könnte.
Der erste Mensch, der mir dann doch einfiel, war die Frau König an der Rewekasse in Grebenstein: Sie mit ihrem Bubikopf trägt eine modische Brille, redet mit verarschender Babystimme, und wir Kunden sind ihr wurst bis zum geht nicht mehr.

Erst ganz viel später, als wir die Frühstückstafel zum größten Teil bereits aufgehoben hatten, fiel mir jemand ein, den ich von ganzem Herzen nicht leiden kann: Christoph Göhler! Einen Gärtner aus Aurich, der immer die ganze Hand ergreift, wenn man ihm den kleinen Finger reicht. Man lädt ihn zum Mittagessen ein, und schon beginnt der Gast die Hausfrau auf ungebührliche Weise herumzuscheuchen, da er immer noch mehr Extrawünsche hat. Seine Höflichkeit in diesen Herumscheuchungen bröckelt von Minute zu Minute. „Ja, ist denn dies noch als Benehmen zu bezeichnen?" frägt sich da so manch einer.

Ich erzählte Rehlein, daß Valeries Mutti morgen ihren 90. Geburtstag feiert: Ein großes Fest und ein Meilenstein in ihrem Leben, an dem die talentierte Romanautorin bereits seit September herumbastelt, steht bevor.
Rehlein wunderte sich darüber, denn mit 90 dürfte der Freundeskreis doch wohl bereits arg geschrumpft sein? Die meisten sind doch wohl gestorben, oder zumindest bettlägerig? Umso schöner die Übersichtlichkeit, wenn der gerupfte Freundeskreis schließlich zögerlich im Nobelgasthof eintröpfelt…
Da erzählte ich von Tante Utas alter Lehrerin, die mit 96 Jahren noch einen Weihnachtsrundbrief verfasst hat, worin in lakonisch-unsentimentalen Worten zu lesen stand: „…da mir sämtliche

Verwandte und Freunde hinweggestorben sind, richte ich meinen diesjährigen Weihnachtsgruß an Euch ehem. Schüler, die sich z.T. womöglich gar nicht mehr an mich erinnern? Ja, ich alte Haut bin noch da…" und so schickte sie ihren alljährlichen Weihnachtsrundbrief eben an ehemalige Schüler, denn Ablassen von dieser löblichen Gewohnheit wollte sie nicht.

Ich erzählte von Valeries Bruder Dirk, der sehr freundlich und hilfsbereit ist, und die Valerie liebt ihren Bruder, so wie ich Ming, über alles! In einem Brief nannte sie ihn gar *„meinen* Ming".

Rehlein hatte heut allerlei vor: z.B. das Musikzimmer putztechnisch so richtig zu bewedeln, und unter die Lupe zu nehmen. Doch Rehlein tat´s mit frohen Gefühlen, und so arg ist der Schimmel hinter den Wänden ja wohl auch wieder nicht?

Bevor ich Buz in den Abendstunden vom Bahnhof abholte, fuhr ich zu Billa, wo um diese Zeit nicht viel los war. Ich bildete mir ein, die eine Alice-Schwarzer-artig verknitterte Kassendame sei die Mutti von dem zirka 20-jährigen Fräulein Schwemmerl, so daß Mutter & Tochter außerdem auch noch Arbeits-kolleginnen sind.

„Kaa Vourtäilskourtn dabääääh?"* erkundigte sie sich an der Kasse geradzu examinierend in kläffendem Tonfall.

*Versteht dies jemand aus Deutschland?
(Keine Vorteilskarte dabei?)

Rehlein beskypte das Anderle zu Lisels Geburtstag, und nachdem sie einen Schwall an Herzlichkeiten abgelassen hatte, räumte sie das Stühlchenen vor dem PC sehr gerne für jemand anderen, da die Gespräche mit dem Anderle einfach als Skypat ohne Boden konzipiert sind, zumal der auf „Standby" Geschaltete Zeit & Raum völlig enthoben scheint.

Die schlagbefallene und bettlägerige Lisel hatte die Augen geschlossen, doch der Onkel Andi hatte sich seine vergnügte Art nicht nehmen lassen, indem er nun etwas Vergnügliches erzählte, und dazu in Erheiterung über sein ganzes liebes Hunnengesicht strahlte: Jemand habe die Lisel zum Geburtstag angerufen, und die Lisel sagte – und sprach damit über sich selber: „Ich hab grad die Frau Rothfuß hier. Es passt grad schlecht."

„Ist die denn nett, die Frau Rothfuß?"

„Ja, die ist ganz nett."

Das Anderle lachte sein bezauberndes Lachen, - Opas Lachen - das uns für den Moment so glücklich stimmte.

Samstag, 13. Dezember

Z.T. glitzernder Sonnenschein,
so doch meist blassgrau und wolkenbeschwadet

Mit einer Strickhaube bestülpt, watete die Irene*, durchs Laub, und sogleich wurde ich von ihrem Lappohrhund Aaron bestürmt.
*Rehleins Kusine dritten Grades. (Man hat gemeinsame Urgroßeltern)
„Der macht nichts!" sagte ich zur aufgebracht schimpfenden Hundebesitzerin, so daß erleichtert konstatiert werden durfte, daß ich in dieser Hinsicht anders bin als Rehlein, denn Rehlein hasst es, von dem Köter bestürmt, angejault und hinzu laut bekläfft zu werden.
Da traf es sich gut, daß die Irene verschnupft war, und man sich eine Umarmung sparen durfte, die bloß unnötig Öl in Aarons lodernde Eifersucht geschüttet hätte, - wo er doch schon so sehr unter Irenes Enkelkindern leidet.
Die Irene erzählte, wie schrecklich eifersüchtig der Aaron auf ihr kleines Enkelkind sei. Einmal habe er so böse geschaut!
Da erzählte ich schnell die Geschichte vom kleinen Hermännchen und seinem besten Freund, dem Rottweiler. Eine Geschichte, die immer irgendwie griffbereit obenauf in meiner Anekdötchentruhe zu liegen scheint?

Jeden Morgen besuchte der kleine Schatz seinen besten Freund: Den dumpfen Rottweiler im Nebengarten. Die beiden verstanden sich so wunderbar, spielten miteinander, und der meist mürrisch vor sich hin grollende Rottweiler ließ sich alles von dem kleinen Kind gefallen, und beschützte es wie eine Mutter vor dem Rest der Welt.

Doch eines Tages bekam das Herrmännchen ein kleines Schwesterchen und augenblicklich herrschte Alarmstufe Rot. Die Familie mußte wegziehen, wie der Hundeflüsterer, den man zu Rate gezogen hatte, ganz dringend riet. Das kleine Mädchen befände sich, kaum auf der Welt, bereits in akuter Lebensgefahr, da der aufmerksame Rottweiler eventuelle Eifersuchtsgefühle seines besten Freundes bereits vorfühlen würde, bevor dieser überhaupt auf die Idee gekommen wäre, eifersüchtig zu werden. Denn neben ihrer feinen Nase haben Hunde auch noch den siebten Sinn: Sie riechen nicht nur all das, was sich der Mensch durch jahrelanges umständliches Studieren aneignen muß, sie fühlen auch noch alles auf geradezu hellseherische Weise genauestens vor.

In Rottweilerlogik hätte der Hund nur noch *ein* Ziel gehabt: Sich als bester und treuester Freund dahingehend nützlich zu machen, das Objekt der Eifersucht zu beseitigen.

Zum Frühstück erzählte ich von Valeries Mutti, einer Dame, die einst Groschenromane schrieb, und heut im fernen Norden ihren 90. Geburtstag feiert.

Dann modulierten die Gespräche weiter, und ich erzählte von Pastor Friebe auf Baltrum, der bereits mit 51 Jahre von Erden abberufen wurde. Gute 40 Jahre, sprich, ein halbes Leben zu früh, wie man ihm fassungslos hinterherdenkt!

Eines Abends kehrte der Geistliche vom Häusl in die Stube zurück und starb.

„Es könnte somit sein, daß ich heut schon stürbe!" sagte ich.

Buz wurde von dieser Eventualität etwas niedergeschlagen und besorgt gestimmt. Denn was, wenn´s tatsächlich so käm?

„So, wie Herr Reimer genau an Udo Jürgens 80. Geburtstag gestorben ist, so könnte es passieren, daß ich genau am 90. Geburtstag von Valeries Mutti stürb!"

Um kurz nach zehn interessierten sich die Erwachsenen für eine Radiosendung:

Ein Werk von Olga Neuwirth sollte zur Aufführung gebracht werden, und Rehlein hatte bereits etwas über diese erstaunliche Komponistin gelesen: Daß sie eine energische Frau sei, also mit anderen Worten jemand, der anders als ich, zentral im aufgeblasenen Planschbecken „pralles Leben" mitschwimmt. Doch vorerst redete „bloß" ein Herr mit Namen „Johannes K.*", und dieser Name „sagte mir was". Es

handelte sich dabei um ein Riesenarschloch aus der Mottenkiste von Mings Erinnerungsannalen. Davon spitzte man allgemein die Ohren, denn derjenige, den es nicht interessiert, ein Riesenarschloch reden zu hören, der hebe die Hand!
Er faselte allerdings bloß Dinge ohne Haftkraft für das Ohr zusammen.
*Nachname aus datenschutztechnischen Gründen verkürzt und auf seinen Anfangsbuchstaben reduziert
„Mach aus!" sagte Buz.
Buz griff sich das köstliche Buch von Alfred Kerr, und las uns vor: Goethe habe auf die Frage, was wohl das höchste der Gefühle sei, geantwortet: „Lieben und geliebt werden!" Ein anderer Herr, der ein wesentlich trüberes Leben geführt hat, war da ähnlicher Ansicht: Gustave Flaubert.
Wir sprachen noch über Arschlöcher am Dirigentenpult, und mit Schaudern machte Rehlein ein paar Schmähausrufe über Martin H. aus Bad G., dessen Name ihr allerdings nur noch lose im Kopfe saß, so daß im Ausruf selber noch ein bißchen daran herumgerungen werden mußte.
Schließlich züngelte auch wieder das Reisefieber am süßesten Rehlein empor, auch wenn die Reise ja erst übermorgen in tiefstem Morgengrauen auf womöglich beinhart gefrorenem Untergrund ihren Ausgang nehmen soll? Doch schon jetzt muß man sich die Overtüre hierzu in Rehleins Hirn wie die Niagarafälle vorstellen: Kaskaden an Bedenkungsschwällen stürzen in die Tiefe, schäumen, gischten

und spritzen, und ach, über was wir noch gesprochen haben: über Dicke!
Ausgangsknolle, aus der diese Konversationssaat entsprang, war die dicke Frau Rudolph aus der Musikschule.
Lachend wärmte ich eine alte Erinnerung auf:

Historische Erinnerung aus dem Jahre 2000

Buz und ich saßen mit einer dicken Frau in der Teestube, und Buz begann über Dicke zu referieren, doch mitten in seine Ausführungen hinein fiel ihm ein, daß die ihm gegenübersitzende Dame ja wohl auch keinesfalls die Allerschlankste war, so daß er der Ausführung mitten in eine langbögige Phrase hinein eine gänzlich neue Wendung verpasste, und der entwickelte Gedankenbogen völlig anders endete, als der Beginn hätte vermuten lassen. Es erinnerte mich direkt an die damals frisch erfundene und mittlerweile wieder in Vergessenheit geratene Schokuspokus-Schokolade der Firma Milka, die mit der Empfehlung bedacht worden war, sie langsam auf der Zunge zergehen zu lassen: Zunächst schmeckte sie nach Erdbeere, und dieser feine Geschmack ging mit der Zeit in einen ebenso feinen Pfefferminzgeschmack über.
Zurück zum referierenden Buz:
Zunächst bespöttelte Buz die Dicken und ihre Schwäche, sich bei den Speisen nicht zügeln zu können. Doch dann fiel ihm ein, daß die Dame selber eine gemütliche Dicke war, und so begann er die Vorteile der gemütlichen

Dicken lobend hervorzuheben und zu besingen, und das Lied mündete in den herzlichen Nachsatz: „Und wer ist die beliebteste Frau in der Musikschule? – Die Frau Ruuudolph!"
Demgemäß lenkt man die Rede nun auf Frau Rudolph drauf, die Buz bei seinen Abstechern nach Ostfriesland immer gerne mal besucht. Rehlein indes war nicht ganz so begeistert von der putzigen kleinen Frau: „Nein! Sie ist ne Beamtin!" erinnerte Rehlein sich an beamtliche Züge in Frau Rudolphs Gebahren, die ihre Beamtlichkeit beamtengemäß *über* die Menschlichkeit gestellt hatte.

Wieder hat man sehen können, daß ich vormittags nur mit Müh´ Tritt im Rad der Tüchtigkeit zu fassen pflege, indem ich meinen Bürzel nun am Kachelofen wärmte. Vielleicht befindet sich die Sprungfeder des Menschen im Bürzl, und dies ist ein ungelenker Versuch, sie aufzutauen? Aber wenn das immer so wäre?

Auch wenn morgen noch ein finaler Puffertag vor der Reise liegt, so fühlte sich Rehlein direkt wie „vor der Auswanderung" stehend, und für unsere Freundin Gerswind ist ja einst genau dieser Alptraum wahr geworden. Die Mutter wanderte nach Teneriffa aus, und sie als Anker im Leben schnurrte auf ein Erbsenböppele zusammen, und die wenigen Male, die man sich in diesem irdischen Leben wohl noch wiedersehen würde, ließen sich an einer Hand abzählen.

Ich mußte alle Erledigungspunkte, die wir angesprochen, und die sich summiert hatten, auf einen Pappstreifen draufschreiben, den Rehlein mitzunehmen gedachte.

Buz hatte Notenwünsche: Noten, die er studieren möchte, und die Rehlein ihm aus Aurich mitbringen möge: Ein Brahms-Sextett, das Ravel-Quartett und Prokofieffs beliebte D-Dur Sonate, die einst eigentlich für die Flöte komponiert worden war, den Geigern jedoch so gut gefiel, daß es nun auch eine Geigenstimme davon gibt.

Und ich hatte auch einen Wunsch: Den lustigen Froschwaschlappen von Roßmann, den Rehlein mir kaufen möge!

Gestern schrieb ich im Brief an Frau Reimer: „Auf mich wartet daheim niemand (mehr)"←hatte ich in Klammern gesetzt, weil das ja noch trauriger und somit poetischer klingt. Doch dann löschte ich es wieder hinweg, weil´s ja so aufgefasst werden könnte, als sei ich geschieden oder verwitwet, und die Kinder seien allesamt aus dem Hause, und melden sich nur noch, wenn sie Geld brauchen.

Rehlein wetzte durchs Haus, setzte die Wäsche auf, und in den Lüften lag ein Wiener Neustadt-Trip für die Erwachsenen. Als Buz allerdings schüchtern anfrug, ob es sich für ihn noch lohne, die Violine auszupacken, so lohnte sich dies!

Dies lohnt doch immer!

Nach einer Weile ging´s dann aber doch los, wenn auch Rehlein erstmal entsetzt war, wie der unreife Buz seine Geige in den Kasten bettete: Solcherart, als handele es sich bei seiner Violine um einen verstorbenen Menschen mit fragend emporgewinkelten Kopf, den man zu seinem finalen Schlummer in den Sarg bettet – und dann einfach den Sargdeckel draufquetscht!

Nach dem Exitus von Herrn Reimer hat der Tod seinen Schrecken verloren, und mehr denn je fühlt sich das Leben wie eine Generalprobe an.
Vor dem Sorgenstuhle standen ganz verloren Opas graue Filzpantoffeln.
„Gell, das gibt dir auch immer einen Stich ins Herz?!" sagte ich zu meinem Nebenbürzelwärmer Buz am Kachelofen, „die leeren Pantoffeln, ratlos, ohne ihren Besitzer", doch Buzen gibt dies keinen Stich ins Herz.
Bald darauf gab´s ein Mittagessen: Kraut und ein kunstherzförmiges Selleriestück. Dazu hörten wir Buzen beim Üben zu. Buz hatte sich den 4. Satz von Bachs a-moll Sonate vorgenommen, und ich fand, Buzens Spiel klang so freundlich! Später wünschte ich mir dieses Werk von ihm zu Weihnachten: Er solle dort vorne am Kachelofen stehen, und es auswendig vortragen.
„Sowieso!" sagte Buz. Dies sagt er oft über Dinge, die nie geschehen.
Dann passierte etwas Unglaubliches:

Vor dem Teich im Garten saß ein Marder, der so süß ausschaute, und ganz zahm schien. Rehlein eilte auch herbei, hatte jedoch das erschütternde Gefühl, das Tier sei vergiftet worden, so wie Prohazkas Katze, da dies Verhalten nicht normal sei. Böse Hände hatten einen Giftköder ausgelegt, und wenn´s so ist, so warte auf das arme Tier so kurz vor Weihnachten ein grauenvoller Tod. Mit der Prohazkaschen Katze sei es so grauenhaft gewesen, und mitten in der Nacht mußte Mutti Prohatzka den Veterinär bemühen. In so einem Falle müsse das arme Tier leider schnellstmöglich erschossen werden. Der Marder war aber bereits wieder verschwunden, und zum ersten Male war man eventuell Zeuge eines Giftmordes geworden.

Wegen der Konditionierung auf das Früherhöbnis übermorgen drängte Buz zu einem frühen Bettgang.

Sonntag, 14. Dezember

Geheimnisvoll vernebelt

Wie ein Wirbelwind enthupfte ich dem wogenden Bettgehäuse und schäumte positive Gedanken auf. Dem Sich-früh-Erhebenden gehört die Welt!

Oben waren Rehlein und Buz bester Stimmung. Es sei allerdings sehr hauchig und kalt, und vielleicht wäre es ratsam, zunächst eine „Ras"anzahlung von zwanzig Minuten zu tätigen, und den sportlichen Hürdenlauf zu einem besseren Zeitpunkt fortzusetzen, hatte sich Buz so nett für mich überlegt.
Rehlein hatte den Verwandten am Morgen einen Vorfreudenbrief geschickt, in dem eine solche Freude auf ihr kleines Enkelchen Yara mitschwang, das die stolze Omi Eri nun schon seit Yahren nicht mehr gesehen hat, wagte Rehlein ein höchst amüsierliches kleines Wortspiel, und der Kenner ahnt´s sofort: Rehleins bewegender Brief wird gelesen, zur Kenntnis genommen und bleibt unbeantwortet. Nun war er aber auch schon in die Umlaufbahn entsandt worden.
Nach dem Frühstück wurde Rehlein von einem Schwall Reisefieber durchbebt.
Hi und da sagte ich Dinge wie: „Wir können die Reise aber auch absagen! Du hast doch hoffentlich eine Rücktrittsversicherung abgeschlossen? Wäre doch schade, wenn man die nicht nutzt?"

Rehlein hatte den Tisch mit der schönen roten Weihnachtstischdecke belegt, und versprach uns eine köstliche Speise.
Wieder schwärmte ich davon, wie glorios der Jorberg gekocht habe – wie einst Zwerg Nase, und ähnlich Schwärmerisches lässt sich nun ja auch über Rehleins

köstlichen Gemüseeintopf mit gekochtem Kartoffelsalat berichten.

Ab Morgen muß ich sieben Tage lang für Buz kochen und sorgen. Eine siebentägige Generalprobe des Supergaos: Eine Ehehälfte bleibt zurück, und diese zurückgebliebene ist ausgerechnet der lebensunkundige Ehemann.

Ein besonders wichtiger Gegenstand für Rehleins morgige Reise ist ja der Wecker: Wird er lostönen?

Es herrschte ein Titanic-Nebel, wenn der Leser versteht? Ein Nebel, in den hinein man das Haus nicht gerne verlässt.

Rehlein erzählte, wie sie einmal ganz früh morgens in Wien war: In einem Park wollte Rehlein ihr mitgebrachtes Frühstück genießen, doch bald schon näherte sich ein großer und furchterregender Hund.

„Der moucht niigs!" imitierte Rehlein häßlich „ö oids Weiberl".

„Der hat mich erschreckt!" schäumte Rehlein die Alte energisch und verdrossen an.

Doch Hundebesitzer sind derart verdrießliche Anschäumungen gewöhnt – zum Glück überwiegen die postiven Begegnungen - beispielsweise mit anderen Gassigängern, mit denen sich der Gassigänger sehr leicht befreundet – und manchmal stelle ich mir vor, wie dies wohl sei? Eheleute und Liebespaare flanieren durch den Park, und immer wenn der Herr einen anderen Herrn sieht wird er knurrig und ungemütlich, und die Damen haben ihre Müh damit, die Herren vor einer wüsten Prügelei zu

bewahren… „Laß doch Vati!" sagt die Frau, während ihr Mann die Zähne fletscht und bedrohlich auf den anderen Herrn zuschießen würde, wenn ihn die liebende Ehefrau nicht unter Aufbietung der letzten Kräfte an einem Hemdzipfel festhalten würde.
Buz holte sein Tucholsky-Büchlein herbei. Er trug es so rührend vor sich her, wie ein Hamster einen kleinen Keks. Dann las uns Buz ein launiges Hunde-Essay vor.

Der Dämmer war so was an geheimnisvoll: Ein Nebel. Oftmals saß ich am Ashramsfenster an die Heizung geschmiegt, und blickte in die große weite Welt hinaus.

Zur Teestunde:
Rehlein erzählte von unserem Nachbarn Sergio Sossi in Japan. Gemeinsam lebten wir über einen Zeitraum von fast zwei Jahren im Gästehaus von Musashino, in welchem, bis auf das Hausmeisterehepaar Saito ausnahmslos Musiker lebten. Musiker mit lodernden Plänen, die hoch hinaus wollten, und der Sossi sei ein hochanständiger Mann gewesen. Dies verwunderte mich aus jenem Grunde, weil ich immer der Meinung gewesen war, das ganze Gästehaus von Musashino stünde unter einer Empörungskäseglocke – kein einziger davon sollte Rehleins Empörungs-Argus-Sinnen entkommen, und nun so eine auflichtende Geschichte?

An einem Tag, so Rehlein, begaben sich Buz und Paul Dan, ein Klavierpianist, wie man so sagt, auf große Europa-Tournee und sollten drei Wochen lang aushäusig bleiben.
Buz auf seine lose Burschenart zum Mitmieter Sossi: „Passense gut auf meine Frau auf!"
Der Sossi hatte Rehleins Beine immer so berauschend gefunden, doch während Buzens Aushäusigkeit zeigte er sich kein einziges Mal.
Die Frau von Herrn Sossi, Frau Sossi, stand nicht dazu, Japanerin zu sein. Durch eine kleine SchönheitsOP, ließ sie sich ihre Mandelaugen so hinoperieren, daß sie sich in die Glubschaugen einer ewig erstaunten Amerikanerin verwandelten, mit denen sie dann nicht mehr japanisch ausschaute, und sich ihre Herkunft seltsam verwischt ausnahm.
Ein Phänomen: Vielen Japanerinnen ist es peinlich, eine Japanerin zu sein, denn sie hassen Japanerinnen. Verstehe dies, wer kann!

Montag, 15. Dezember

Neblig geheimnisvoll

Erhoben um 4 Uhr (!)
Rehleins großer Tag, in den wir uns nun alle erhoben.

Man steht in einer eisverkrusteten Nacht, und muß sein Gehirn in beide Hände nehmen, um sich logistisch geschmeidig an die Abschussrampe hinzubewegen, wobei ich mich, vom Dalton-Syndrome* angesengt, in überflüssigen Details zu verlieren drohte: Z.B. darin, eine Teebombe mit würzigem Chilitee als Wegzehrung zuzubereiten.
*Das Daltonsyndrom: Benannt nach einem Herrn namens Dalton in Australien, der ebenfalls darunter litt, wie schon der Name sagt:
Der Dalton-Benagte wird beständig vom Pfade seines Tuns hinabgepustet, und auf einen Geiger gemünzt könnte es beispielsweise so aussehen: Der Geiger möchte eine Sonate von Mozart einstudieren, bemerkt jedoch verärgert, daß die Noten nicht am Platze liegen, und der Notenständer hinzu zum Aufhängen eines soeben gewaschenen, noch immer leicht vor sich hintropfenden Wäschestücks zweckentfremdet worden ist (von ihm selber, wie zuzugeben ist). – Er nimmt das Wäschestück, um es über den Flur ins Bad zu tragen – weltfremd hoffend, die Tropferei möge kurz innehalten. Dabei stolpert er über einen Kehrichteimer und zieht sich eine schmerzhafte Blessur am Wadenbeine zu, die mit einem Pflaster beklebt werden will. Doch der Schlüssel zur Hausapotheke klemmt, und während er sich noch verärgert mit dem klemmenden Schlüssel abplagt, fällt ihm ein, daß die im Jahre 1952 von der Omi gekauften Pflaster, doch wohl kaum noch Haftkraft haben dürften? Ob man neue kaufen solle? Doch die Apotheke hat grad geschlossen, das Börsl ist leer, und mit dem EC-Kärtchen stimmt etwas nicht....
(Etwas leicht autobiografisches schwingt hier in diesen Zeilen mit.)
Ein Thema, das sich trefflich für einen Schulaufsatz nutzen ließe, wenn der Deutschlehrer seine Ruhe wünscht. Die Kinder haben viel Spaß dabei, und noch mehr Spaß hat man, wenn die fertigen Aufsätze hernach unter johlendem Gelächter vorgelesen werden.

„Das machen wir jetzt jeden Tag so!" schlagen die Kinder vor…
Rehlein hatte bereits Tee gebrüht, doch der schöne Gnadentee an dem man sich so gerne auf ewig festgehalten hätte wurde dadurch verdorben, daß Rehleins Lesebrille abgängig war.
Gestern hatte Rehlein sie doch noch in der Hand gehalten, doch nun war sie verschwunden, und auch der süße Buz suchte so rührend engagiert herum. Wie gerne hätte Buz das verlegte Stückchen „Nutz" gefunden, um damit zu punkten, doch dieser kleine Teiltriumph in einem langen Leben sollte ihm nicht beschieden sein. Man grub in den beiden bereitgestellten Köfferchen Rehleins, wurde indes weder in den Außen- noch in den Innentaschen fündig.
Gerührt konstatierte ich stattdessen, daß Rehlein das pädagogisch wertvolle Geschenk für ihr kleines Enkelkind eingepackt hatte: Einen Igel aus poliertem hellen Holz mit großen Löchern wie in einem Käsestück, durch die man mit buntem Zwirn nach Herzenslust herumnähen und lustige Muster bilden kann. Einige Wochen lang stand der kleine Igel auf unserem Kachelofen und teilte unser Leben – doch nun wechselt er seinen Standort – in die umgekehrte Richtung wie einst Rehlein.
Im Juni 1999 zog Rehlein, ohne es geplant zu haben für immer nach Ofenbach. Dies kam so: Eines Abends rief Ming, der damals bei den Großeltern hinter den sieben Bergen in Ofenbach lebte, in Aurich an, weil ihm die Moribundelei im Stockwerk unter ihm einfach zu viel

wurde. Omi Mobbl kränkelte, der Opa wollte bekocht und unterhalten sein. Rehlein reiste gleich am nächsten Morgen hin, um Ming mit Rat und Tat zur Seite zu stehen, und kehrte nie wieder zurück. (Ganz selten, kurz mal zu Besuch, und kaum jemals länger als eine Woche.) Dann starb Omi Mobbl, und Rehlein blieb beim Opa haften. Und nachdem auch der Opa einige Jahre später „heimgeholt" wurde, blieb Rehlein bei sich selber haften, bis zum heutigen Tag.

Gestern hatte Rehlein einen engagierten Leserbrief an den ORF geschrieben, denn dumme Leute tragen sich mit erbärmlichen Änderungsideen für Rehleins geliebten Radiosender Ö1, und dem wollte das süßeste Rehlein nun mit einem geharnischten und leidenschaftlichen Leserbrief entgegenwirken, da Rehlein damals – bevor sie von der Waterkant nach Niederösterreich rübermachte - den kulturellen Niedergang von NDR3 hautnah miterlebt hatte, - wie Rehlein in diesen Brief wachrüttelnd einfließen ließ.

Ferner schrieb Rehlein, daß ihre Tochter immer als erstes Ö1 einschaltet, wenn sie denn mal zu Besuch kommt, und ihre alte Mutter um diesen gloriosen Radiosender glühend beneide.

Tatsächlich ist es aber so, daß ich immer froh bin, wenn das Radio abgeschaltet wird, und überhaupt noch nie im Leben auf die Idee gekommen bin, Rehlein um ihr Radioprogramm zu beneiden. Allerdings macht es mir auch nichts aus, wenn das süße Rehlein es denen so schreibt, denn die kennen mich doch überhaupt nicht! Lese ich allerdings über mich als „meine Tochter", so entsteht vor meinem geistigen Auge ein völlig fremdes Bild von mir selber.

Buz wirkte heute so munter und engagiert!
Nun hatte er das Auto bereits hinaus auf den Kalgassenbuckel gefahren, wo es in der hauchigen Nacht in weiß schimmerndem, von der Straßenlaterne grell-bestrahlten Abgase dastand.
„Ich hab was ganz Dummes gemacht!" sagte Buz wenig später, und zunächst hörte nur ich den selbstzerknirschten Ausruf. Buz hatte das Autodach aufgemacht, indem er auf Buzesart einfach irgendwo draufgedrückt hatte, und nun ging es nicht mehr zu! Nur noch Sekunden trennten den doch so engagiert, und mit Frische zu Werk gegangenen Buz von Rehleins Lamentaten.
„Schnell, hol *Dein* Auto!" hieß es.
Ich stürmte zu meinem eisverkrusteten Auto, das nun hätte beschabt werden müssen, auch wenn ich gar keinen Schaber besitze und auch auf die Schnelle keinen fand. Höchstens meine HUK-Versicherungskarte die als Beschabungsnutzer zweckentfremdet einen Schwall an Fassungslosigkeit inkludiert hätte.
„Kika!" rief Rehlein. „Es geht!"

Froh und dankbar rannte ich zum Auto zurück, und die anstrengende Fahrt durch nächtlichen Nebel durfte ihren Anfang nehmen.
Ich nahm auf der Rückbank Platz.
Höchst angespannt saßen wir nun da, und fuhren durch die Nacht. Rehlein, zwar sehr freundlich, konnte sich nicht bremsen, Buz hi und da mit einem Ratschlag zu versehen, der dem gegen weibliche Ratschläge Imprägnierten nicht so ganz zu munden schien: Nämlich, daß Buz hi und da in den vierten Gang schalten möge. Doch Buz war „stur wie mein Vadder" und argumentierte unreif herum, statt sich dem klugen Rat Rehleins zu beugen. „Ich muß Dir das sagen!" sagte Rehlein auf Mingesart zwiefach – und (resigniert)„…nichts zu machen!" aber ansonsten war Rehlein sehr freundlich.
„Ihr müßt mir versprechen, daß ihr wieder gut nachhause kommt!" sagte Rehlein zwiefach so goldig, nachdem sie ausgeholt hatte, eigentlich etwas anderes zu sagen, doch es fiel ihr gar nichts anderes ein, und mehr gab es momentan in der Aufregung des züngelnden Reisefiebers irgendwie auch gar nicht mehr zu sagen.
„Ich bin doch eigentlich ziemlich nett!" sagte Rehlein so rührend auf Art eines lieben, jung gebliebenen Fräuleins, das gern ein Kompliment von seinen Liebsten eingeheimst hätte, doch Buz hatte nicht so recht hingehört.
Ich hatte immer Angst vor einem Kräsch, und saß hinten auf Kohlen. Unser Leben war bislang viel zu

glatt verlaufen um noch zu überzeugen, und wenn wir Rehlein wenigstens glücklich am Flughafen abgeliefert haben, dann wären wir wenigstens einen <u>Teil</u> der Sorgen los, dachte ich etwas weit hergeholt, denn dieses abgebröckelte Sorgenteilstück schiebt doch wie selbstverständlich von hinten wieder nach, und es geht weiter mit den Sorgen.…
Wir waren am Flughafengebäude angelangt, und dort las man alsbald, daß Rehleins Abflug im Terminal 2 losginge, und was fand man? Eins oder drei. Hilflos liefen wir erstmal Richtung 3, weil wir vielleicht in Friesenlogik gedacht haben könnten, die 3 sei näher an der 2 als die 1? An manch einer Stelle stand ein Schaukasten mit, wie zu hoffen war – idiotensicheren Anweisungen, aber mich peinigte plötzlich eine ganz andere Sorge:
Rehlein würde zwar gut in Hamburg ankommen, - einige Mitreisende sollten sich später daran erinnern, Rehlein durch die Flughafenhalle laufen gesehen zu haben, - doch dort verschwindet Rehlein einfach im Menschenstrom, und wird nie wieder gesehen? Rehlein löst sich auf wie eine Wolke am Himmel, und auch nach 15 Jahren, im Jahre 2029 wird auf den Internet-Plattformen für Hobbydetektive herumgerätselt.
Was geschah mit Erika König?
So, wie man heute noch rätselt:
Was geschah mit Erika Bouillaguet?
(Einer 65-jährigen Dame, die im März 1984 mit dem Zug von Paris nach Frankfurt reiste, um das Grab ihrer Eltern zu pflegen, und eine mysteriöse Bekannte namens „Emmi" zu treffen, und bis zum

heutigen Tag nie wieder gesehen wurde. Nur in einem Schließfach des Frankfurter HBF wurde ihre Reisetasche gefunden, und eines Tages versteigert.)
Und würde ich tatsächlich einmal die Frau Reimer besuchen, so würde ich durch ein unfassbares Schicksal Interesse erregen: „Meinem Vater geht es – toi, toi, toi - soweit gut, doch meine Mutter ist an einem Dezember-Vormittag in Hamburg spurlos verschwunden."
Rehlein und ich wackelten ratlos durch den Flughafen, doch mitten in die Abflugs-Ratlosigkeit hinein, zwickte mich nun eine andere Ratlosigkeit. *Was, wenn Buz einfach nicht mehr auf mich wartet? Geistesversunken steigt er in seinen BMW, lässt sich vom Ö1 berieseln und fährt einfach so nach Ofenbach zurück, wo ich ihm erst dann wieder einfalle, wenn er die einsame Wohnung betritt? Hat man nicht unlängst von einem 79-jährigen Herrn gelesen, der seine Ehefrau auf dem Rastplatz vergessen hat? Erst daheim, als gekocht werden sollte, da fiel sie ihm siedendheiß wieder ein.*
Rehlein und ich gelangten an einen Innenbalkon hinter Glas, wo man entsetzt zu denken geneigt war: „Nein! Hier kann es auch nicht sein!"

Irgendwann, - fragt nicht wann, fragt nicht wie – zeigte sich dann Licht im Dunkel, und daß ich Rehlein nun einfach ihrem Schicksal überließ?
Ich schien es plötzlich so überaus eilig zu haben, Rehlein abzuschütteln, und damit anzuheben, die Jahre (die gefühlten Jahre) abzuleben, bis man Rehlein endlich wieder in die Arme würde schließen

können. Rehlein in ihrer bezaubernden Schneider-Böck-Figur schien sich meinem Zugriff so nach und nach zu entziehen. Zwar fielen herzliche Sätze wie: „Ich liebe Dich!" und „ich werde pausenlos an Dich denken!" Doch nun eilte ich, von allem entblößt, zu Buzen – wenn er denn noch da sein sollte? Zunächst fuhr ich jedoch auf der Rolltreppe Richtung Restaurant-WC. Dort war´s zwar schön, aber irgendwie auch verschachtelt und verwirrend.
Gottlob: Der süße Buz war noch da. Er saß wartend in seinem Auto, und im Radio spielte Maxim Wengorow eine Polonaise von Wienjawski auf seiner Violine.
Buz war sehr nett gestimmt, und bedauerte es im Banne der mitreißenden Klänge, daß er „dank" dem Prof. Rostal einst so viel von seiner geigerischen Unbekümmertheit verloren hat.
Dann schwenkte er die Rede auf den Onkel Eckhard, der sich damals umgehört hatte, wer wohl der bedeutendste Geigenlehrer im Lande sei? Für seinen hochtalentierten jungen Neffen Buz schien ihm kaum einer fein genug.
Tatsächlich hatte der liebe Gott Buzens Verwandten in Form Buzens ein unerhörtes Geschenk bereitet – vergleichbar vielleicht mit einer Gans, die goldene Eier legt.
Abgesehen davon, daß der junge Buz so schön Violine spielte, daß selbst Hartgesottenen die Tränen in die Augen traten, malte Buz einzigartig geniale Bilder, in denen göttliche Nuancen und göttliches

Licht eingefangen wurde, und die jedes Zimmer in einen unvergleichlichen Zauber taucht.

Auch wenn ich mich durch den Frühaufstieg sehr jetlägerig fühlte, und dies Gefühl bis in die Nachmittagsstunden beibehalten sollte, mühte ich mich im Morgennebel dennoch mit der Joggerei ab, und beim Zurückrennen sah ich einmal ein behendes Rehlein über den Acker hinwegstürmen. Da hätte ich assoziativ natürlich an Rehlein denken sollen – doch dies war gar nicht nötig, denn ich dachte bereits grad an Rehlein, so daß man die Gedanken nicht extra umschalten mußte.

Mittags wärmte ich die köstlichen Reste auf, die Rehlein uns hinterlassen hat: Ein wunderbar gewürztes Chili-Sellerie-Kartoffel-Gericht.

Niemand geht auf meine Briefe ein. Es ist praktisch so, als habe man sie nie geschrieben. Nicht das Lindalein, Renate Eggebrecht, Frau Müller-Gärtner, Frau Maier, nicht die Rohlfings!
Wie selbstverständlich kommt <u>gar</u> nichts!

Abends war ich gezwungen, ein Feuer zu schüren, auf daß Buz bei seinem allabendlichen Kriminalfall das nötige Behagen empfände.

Hier ein kleines Beispiel: (Opa Karl)

Rehlein ist gut angekommen, und Buz lächelte so bezaubernd in den Hörer hinein.

Hernach berichtete mir der süße Buz, was Rehlein alles erzählt habe:

Das Pröppilein sei so köstlich, und könne im Prinzip schon alles sagen. Sie schaut sich die Oper Carmen an und sagt: „Mama, Cello weinen!" Und Ming sähe so jugendlich aus. Allerdings sei sein Haupthaar an manch einer Stelle bereits weißlich besprenkelt.

Hernach studierte Buz die Programmzeitung, und einen oskargekrönten Film in „arte" ließ er beim Lesen auf Kennerart direkt auf der Zunge zergehen. „Endstation Sehnsucht" mit Vivian Leight.
„Ist dir Vivian Leight ein Begriff?" frug Buz so nett auf Augenhöhe.
Buz freute sich so sehr auf den Film, und von Vorfreude getragen, übte er sehr schön ein Werk von Fritz Kreisler auf seiner Violine.

Nun hub der Film mit folgender Szenerie an: Zwei theatralisch agierenden Schwestern, Blanche und Stella – mich leicht an Rehlein und Bea erinnernd: Nach dem Wiedersehen war man zunächst so lieb und zärtlich zueinander. Die Bea-artige Stella, mit ihrer, an die einst 16-jährige Tante Bea erinnernden 60er Jahre-Frisur, war bereits verheiratet, und ihr Mann, ein grober Klotz, erinnerte mich geradezu 1:1 an Til Schweiger. Doch wahrscheinlich ist´s grad umgekehrt, und Til Schweiger eifert Marlon Brando nach, mutmaßte Buz lachend.

Ich war sehr müd und saß hi und da im Schaukelstuhl am Kachelofen, und gelegentlich packten mich Kältewallungen.

Dienstag, 16. Dezember

Hauchig vernebelt.
Als es dunkel war, begann es zu regnen

Tag zwei, bzw. gefühltes *Jahr* zwei ohne unsere Ehefrau und Mutter. Doch es kam tatsächlich ein bißchen so, wie ich es zunächst nicht hatte glauben wollen: Bin ich mit Buzen allein, so werde ich ganz von selber ein ganz klein bißchen tüchtiger.

Zunächst war ich mit dem Feuer beschäftigt:

Es brennt lichterloh – man möchte sich selber freudig auf die Schulter klopfen – und dann geht´s ja doch plötzlich aus.

Es ist wie mit dem Leben von Herrn Reimer:

Sehenden Auges hatte man mit ansehen müssen, wie er den Lebenden entglitt, und hätte man da nicht noch etwas machen können?

Nach der Beerdigung seiner Mutter schleppte sich der von Tag zu Tag schwächer Werdende bereits vormittags zu der kleinen Bank hinter dem Hause, um dort durmelnd und mit geschlossenen Augen herumzusitzen.

Seine Frau, die nach Art von Frau Holle oben die Betten auslüftete mutmaßte, daß er wohl den Sonnenuntergang genießen wolle, auch wenn er hierzu in die völlig falsche Himmelsrichtung schaute, und zudem noch nicht einmal Mittagszeit herrschte – aber dem Mutmaßungsfreudigen stehen alle Gedanken offen, so daß man sich ihrer hemmungslos bedienen darf... In Wirklichkeit jedoch saß er da und wartete auf seinen letzten wahren Freund, den Tod.

Sehr lange war ich mit dem Feuer beschäftigt – auch mit den Nebentätigkeiten, sprich, in den klobigen Gartenpantoffeln mit der Schubkarre loszuziehen um Holz zu holen. Hi und da fühlte man Rehleins Ermahnungen in den Lüften, doch im Grunde geht´s auch ohne.

Auf Buzen wartete heut eine unerhörte Freude:
Per Facebook ließ die Isabella wissen, daß sie und ihr Begleiter beim Wettbewerb in Japan preisgekrönt wurden, und da bei Facebook ja meist ersteinmal Satzanfänge zu lesen sind, die sich alsbald verunschärfen, wirkte es auf den ersten Blick so, als hätten die beiden alle ausgelobten Preise abgeräumt.

Die Valerie hatte geschrieben.

Valeries Mails haben ihren untertönigen Beiklang verloren, da die Valerie vielleicht einen Lover hat? *Vielleicht hat sie sich aber auch nur einen in ihrer Fantasie ausgebrütet, und schreibt sie über ihn, so wird er real: Lars.*
Es wurde nämlich leider nichts mit der Feier zum 90. Geburtstag. Die Omi, so rüstig sie auch ist, muß demnächst ins Großklinikum nach Oldenburg, wo ein Auge operiert wird. Auch Valeries Bruder Detlev hatte keine Zeit, und der andere Bruder ist ja nach Südamerika ausgewandert.
Die Valerie schilderte mir die Weihnachtsgemütlichkeit in ihrer Wohnung. Dort liegt sie gemütlich mit ihrem Kater Lasse auf dem Sofa. Doch während die Valerie diesen freundlichen und kuscheligen Satz niedertippte, *verwandelte sich der Lasse ganz plötzlich in einen Zweibeiner: Einen blonden Herrn mit Namen Lars –... oder meinem zweibeinigen G´spusi – tippte die Valerie mit flinken Fingerlein, und löschte es wieder hinweg, um es später doch wieder hinzutippen.*
"Sollse ruhig schauen, die Kika! Sie mit ihrer „Traumfigur"".
Lars- ein lieber einfacher Mensch, selber mehrfach behindert, so jedoch unendlich viel wertvoller als all die hochnäsigen, wichtigtuerischen und versnobten „Künstler"persönlichkeiten! Ihm, dem es nichts ausmacht, mit einer dicken Frau auf dem Sofa herumzuknutschen, und diesen Anblick hinzu später in Form eines niedergetippten Briefflickerls vor dem geistigen Auge einer Unbekannten aufscheinen zu lassen.

Ich joggte wieder durch hauchigsten Nebel, und stellte mir zu Übungszwecken für den Ernstfall vor,

das zweite Jahr nach Rehlein habe angehoben. *Ich lebe bei meinem mittlerweile 77-jährigen Vater, und vor einem Jahr und einem Tag verschwand unsere geliebte Ehefrau und Mutter spurlos auf dem Hamburger HBF.*
Ein Schicksalsschlag mit dem man irgendwie zurechtkommen muß.

Frühstück mit Buz.
„Jetzt schauen wir die Hessenschau!" regte ich an.
Buz aber ist es gewöhnt, zum Frühstück etwas für die Ohren serviert zu bekommen.
Schon gestern hatte ich mich selber ermahnend am Ohr gepackt, um mich darauf hinzuweisen, daß nicht alles, was ich so von mir gebe, zwiderwurzig und ungezogen klingen darf. Viel zu schnell würde dererlei zur Gewohnheit, und dann stünde man da: Man wird zu einer entsetzlichen Frau wie Tjana Büscher oder Renate Bohnke*, und keiner sagt es einem.
Zwei entsetzliche verdörrte Frauen, die sich angewöhnt haben nur trockene Zwiderwurzigkeiten von sich zu geben. Womöglich finden sie es „urig" – *ich* aber finde es einfach furchtbar.
„Bitte nicht!" sagte ich dennoch, als Buz in den CDs herumwühlte. Buz trägt die CDs immer so goldig, wie ein einjähriges Buzzewackele. „…und schon gar keinen Geiger!" barmte ich, da ich meine Ohren gerne ausgelüftet hätte.
Der süße Buz ging darauf ein, und nun ergötzten wir uns an Beethovens erstem Klavierkonzert, hervorragend interpretiert von Ingrid Marsoner. Sie sei

Steirerin, glaubte Buz zu wissen – „hat aber einen oberösterreichischen Charakter!" ergänzte wiederum ich, und studiert habe sie bei einem hervorragenden Professor, wußte Buz. Er hieß „Kehrer", ob der mir ein Begriff sei?
„Ach ja, aus Rußland: Rudolf Kehrer!"
Es schmiegte sich ein Klavierkonzert von Hummel an, das – um es mit Worten vom Onkel Kläuschen zu sagen – dem Werk Beethovens so quasi ebenbürtig ist.
Reichhaltig und üppig instrumentiert.
Etwas brenzelig jedoch ist, daß der Solist so wahnsinnig lange auf seinen mörderischen Klavierpart warten muß, und da dem Tutti der spannungsgeladene Charakter einer Opernovertüre innewohnt, wäre es vielleicht direkt ratsam, daß der Pianist erst kurz vor seinem Einsatz – etwa 20 Minuten nach dem ersten feierlich einleitenden Akkord - die Bühne betritt, statt wie bestellt und nicht abgeholt da vorne herumzusitzen, und an seinem Smartphon herumzukrispeln?

Trotz Buzens freundlicher Art machte mich der Unterricht plötzlich ganz rappelig – weil man nie zur Sache kommt! Man hat etwas geübt und vorbereitet, würde es gerne vorführen und Begeisterung auslösen, doch plötzlich fühlte ich mich so, wie ein Kempowski-Schüler: Die Schüler glühten vor Eifer und Freude, bei dem großen Dichter in die Lehre

gehen zu dürfen, aber immer wurde bloß „Schönschrift" betrieben.
„Ein schöner Text MUSS in schöner Schrift verfasst werden!" so sagte der Kempowski.
Dies sei ein eigentümliches Steckenpferd des verstorbenen Dichters gewesen, der hinzu die absunderliche Neigung gehabt habe, auf Flohmärkten säckeweise fremde Fotografien aufzukaufen:
Vorwiegend Gruppenfotos, wie beispielsweise alte Klassenfotos, und die pflegte er daheim stundenlang mit der Lupe zu betrachten. Ein scheinbar blödsinniges Hobby, das Ehefrau Hildegard einfach nicht fassen konnte!

Mittags war es ganz schön anstrengend zu kochen, obwohl es so simpel war. Ich wußte nicht einmal, wo das Salz steht, und Buz wußte es auch nicht.
„Das muß da irgendwo stehen!" sagte er immerhin, weil es ja im Grunde eine Peinlichkeit ist, wenn man in seinem eigenen Haus nicht weiß, wo das Salzfaß steht.
Bei uns gab´s Kartoffelpürée, Rotkohl und Kastanien.
Wie eine Mutti hatte ich für Buzen eine simple kleine Aufgabe. „Damit du etwas sozialer wirst!" sagte ich.
Da jetzt Weihnachtszeit herrscht, solle Buz draußen die Vogelfutterweihnachtskugeln aufhängen, um unseren gefiederten Freunden eine kleine Freude zu bereiten.

Zum Mittagessen schauten wir einen Polizeifilm an: Ein 6-jähriger hatte einen etwas älteren Jungen, der zu defensivem Miteinander erzogen worden war, verprügelt, und ihm sein Skatebord geraubt, um es einfach nach eigenem Gutdünken zu bemalen.
Und wer die Schmiereien der 6-jährigen kennt, der kann sich ja so ungefähr ausmalen, wie das schöne Skatebord, an dem der 8-jährige eine solche Freude gehabt hatte, hernach ausgeschaut hat.

Dem süßesten Buz wird die Zeit ohne seine geliebte Ehefrau ja nun doch ein wenig lang, und wenig später sah man ihn mit einem bezaubernden Lächeln im Gesicht telefonieren, um mir hernach Rapport über die Lage in Ostfriesland zu erstatten.
Rehlein fühle sich in Aurich, so Buz, als sei sie auf einem anderen Breitengrade gelandet: Man ginge *sehr* spät ins Bett, - gegen vier Uhr morgens, und erhöbe sich dementsprechend zu vorgerückter Stund´: Nach zehn Uhr am späten Vormittag!
Doch nach nur einem Tag hatte Rehlein sich bereits umgewöhnt.
Buz schaute „in aller Freundschaft", während wir zu abend aßen.
Nach anfänglichem Bemühen, mich in die Materie einzuarbeiten, zeigte ich dann wieder ein welkes Sitzleder, und statt weiter zu schauen, mühte ich mich oben auf meiner Violine ab.
Als ich vom Üben zurückkehrte, hatte Buz so nett die Küche aufgeräumt.

Ganz zum Schluß spielten Buz und ich noch zwei Rummikubs. Zuerst gewann ich, fühlte jedoch keinerlei Triumph, und beim zweitenmal, hätte ich schon auch gewonnen, doch ich hielt den Siegeschip zurück, denn diesmal wollte ich die Siegerglocken für Buzen läuten hören.

Mittwoch, 17. Dezember

Die Wetterlage erinnerte an
Ostfriesland im Februar.
Über die feuchten Straßen schwebte ein
versöhnliches Lächeln,
ohne, daß die Sonne sich wirklich gezeigt hätte

Gleich zu Rasbeginn am Fuße der Asphaltwoge Richtung Poppingers konnte ich es einfach nicht fassen, welch eine Mühe sich nun vor mir auftürmte! Die grünlich feuchten Regenwolken waren beiseite gerollt worden, und entblößten den Himmel in seiner wässrig-rauhblauen Blöße. (Worte, wie von einem gänzlich desillusionierten Menschen niedergetippt.)
Der dritte Tag nach Rehlein – einmündend in einen sturmfreien Tag, da Buz nach Wien strebte, und am Abend eine Feier zu besuchen gedachte, die der

Rektor, Herr Schmid für seine Untergebenen ausrichten will.

Und doch dachte ich mir beim Rennen aus, es wäre das *dritte Jahr nach Rehlein: Nachdem Rehlein am 15. Dezembers 2014 in den Vormittagsstunden im Menschenstrom des Hamburger HBFs spurlos verschwand, schreiben wir nun den 17. Dezember 2016. Ich lebe mit meinem 78-jährigen Vater zusammen, der heute eine Feier zu besuchen plant – auch wenn einem verlassenen Ehemann nach einer Feier nicht der Sinn steht.*

Als ich wieder daheim war, hatte der süße Buz ganz überraschend den Frühstückstisch gedeckt.

Bewegt schaute ich auf die vielen Orangenschnitze, mit denen Buz einen ganzen Teller vollgebeigt hatte, und die sich nun in güldene, leuchtende Kerzen zu verwandeln schienen, und war gerührt! Ich war so gerührt, daß sämtliche Bockigkeitsmoleküle, die Tag für Tag von neuem der drohenden Violinstunde entgegenquellen, allesamt mit einem Schlage von mir abbröckelten, und nun freute ich mich auf die Geigenstunde.

Musik quoll aus dem Radio, und ich bin ja jene Tochter aus Rehleins Leserbrief, die ihre Mutter um das fantastische Ö1-Programm beneidet. Also galt´s, meine Ohren dem Genuß entgegenzurichtern, zu genießen, und meine Mutter in Abwesenheit glühend darum zu beneiden.

Heut z.B., an seinem Geburtstag, wurde eine genialitätsglühende Overtüre von Beethoven geboten.

Dann sprach jemand über „Seesterne". Ein sehr entlegenes Thema, und doch durfte ich Buzen erzählen, wie ich einmal in Kiel einem Seestern das Leben gerettet habe.

In der Violinstunde versuchte ich wacker aufzupassen, und dies geht wohl am besten, wenn ich mir vorstelle, ich sei die Miette, die immer so wacker aufpasst.

Eigentlich leben wir ja ganz ähnlich wie einst die Reimers in ihrem riesigen, so unnatürlich großen Bauernhof, dachte ich, während ich die guten Lehren konzentriert in mich aufsog, und auch Buz erinnerte mich plötzlich an Herrn Reimer, auf dem einen, von meinem Freund Raber geschossenen Foto, das ich gar nicht schlecht finde.
Auf diesem Foto sitzt der gesundheitlich angeknackste Herr Reimer in eine Liege wie auf dem Zauberberg geschmiegt, und seine in Erzählintensität ausgefahrene und die Worte mitformen zu scheinende Hand verrät, daß er über ein Thema referiert, das ihm sehr am Herzen liegt.

Ich griff mir das schulbuchartige Buch vom Christoph-Otto mit den Geiger-Interviews, das der interessierte Buz in jeder freien Minute nach Art einer Zitrone auszuwringen scheint, um zu schauen, ob er nicht doch irgendetwas ganz und gar Ungewöhnliches überlesen hat?

Man liest beispielsweise hochgebildete Geigerworte von Hillary Hahn, die sich mit ihren geigerischen Wurzeln, wie beispielsweise den Interpretationen eines Mischa Elman* auseinandergesetzt hat.

*historischer Geiger (1891 – 1967)

Irgendjemand hatte sich eine große Mühe gemacht, und geigerische Stammbäume gezeichnet, und sogar Anne-Sophie Mutter hing – wenn auch allein auf weiter Flur, an einem dünnen Spinnenetz geigerischer Vorfahren, denn daß eine verdörrte Geigenlehrerin aus der Schweiz – bei ihrem eigenen Professor vermutlich nur unter „ferner liefen" geführt - ein solches Geigenwunder zustandebringen konnte, ist schlicht unbegreiflich. Ein Rätsel – auch wenn niemand es laut auszusprechen wagt.

Vor dem Rummikubspiel telefonierte Buz noch mit Rehlein, und es hieß, das Pröppilein erinnere sich an mich und sehne sich nach mir ← erzählte Buz hernach gerührt.

Donnerstag, 18. Dezember

Gelegentlich klar. Ansonsten matt-bewölkt.
Dazwischen ein leiser Freundlichkeitsschimmer.

Ich schlief in einen sturmfreien Tag hinein, der allerdings in eine nächtliche Abholungsfahrt nach Wiener Neustadt münden sollte, denn auf Buz wartete am Abend die alljährliche Weihnachtsfeier vom gestrengen Jörg Schmid, der seine Untergebenen zu diesem offensichtlichen Unvermeidlikum zusammengetrommelt hatte.
Jörg Schmid in muffigstem Wienerisch zu Ehefrau Angela: „Einmal im Jahr muß es wohl sein!"
Buz hatte mir gleich zwei Händis gespannt, die mich nach Art eines hohlen Zahnes um halb acht aus dem Bette rupfen sollten.
Leider freut sich niemand auf diese hektische Feier, die nur um des Abhakenwillens ausgerichtet wird.
Auf seine Schülerschar jedoch freute sich der süße Buz wie allfreitäglich sehr, bloß daß heut ja erst Donnerstag war.

Im Radio sang eine Gesangsgruppe Vivaldis Winter, und ich fand es so rührend, daß es immer wieder Menschen gibt, die dieses Meisterwerk in neuem Lichte aufleben lassen.
Hernach lief Prokofieffs 3. Klavierkonzert.
Ein Werk, das mich schon seit je her so gewärmt hat, wie die Sonne Afrikas, wobei mich die Sonne Afrikas leider noch nie gewärmt hat. Aber eben das Klavierkonzert.
Nein, auf die Feier bei Herrn Schmid freue Buz sich nicht, aber er müsse hin!

Buz erinnerte sich an eine Gesellschaft in der Villa Rademacher in Trossingen mit Hochschulgrößen, und auch in mir keimte eine alte Erinnerung auf.
„Die Thematik ist sehr dringlich!" hatte Herr Rademacher geschrieben, denn neben einem versprochenen Weingenuß warteten auch ernste Themen auf die Kollegenschaft, die er sich ins Haus geladen hatte, um die dortige Leere zu füllen, nachdem seine Frau ihn verlassen hatte.
Man wollte sich also über die dringliche Thematik der Geigenproblematik austauschen, doch Herr Reimer habe nur über Katzen geredet, und dazu eine ganze Flasche Schnaps geleert, erzählte Buz nun höchst plastisch, so daß lang vergangene Zeiten wieder herbeigerückt, und ein erkaltetes Aschehäuflein kurzzeitig wieder zum Leben erweckt wurde. Die anderen Gäste, die es heut in der damaligen Form gottlob gar nicht mehr gibt – verschluckt vom Moloch Amerika, oder aber bereits auf dem Friedhof ruhend(?) – nutzten ihn einfach als Saufkumpanen, mit dem sich alles machen ließ, und Frau Reimer saß derweil daheim brav in ihrem unnatürlich großen, riesenhaften Bauernhof, der Platz für etwa 600 Rinder, und mehrere Generationen Großfamilie birgt – hoffend, der Jürgen würde keinen Unfug anrichten, - und er ließ sich, am Wissen seiner liebenden Ehefrau vorbei, einfach vollaufen! (Empörungssmilie!)
Ich brachte Buz auf den Bahnhof.

Herr Notdurfth hatte so freundlich geschrieben, daß man ihm richtig gut sein konnte, und auch der Pfarrer Meister aus Zarrentin wünschte mir u.a. eine „stille Weihnacht".
„Ach lieber Herr Meister! Die Stille hier, ohne unsere geliebte Mutter, ist so furchtbar! Könnten Sie mir nicht etwas anderes wünschen?"
Nein, dies schrieb ich natürlich nicht.
Ich loste aus, was zu tun sei, und zunächst schrieb ich die Frontseite eines Briefes an die Hannelore voll: Weihnachtsgemäß hätten sich unter meinen emsigen Schreibbemühungen eigentlich Weihnachtswünsche bilden müssen, aber zumindest auf der ersten Seite stehen zur Stund noch keine, da mir so viel anderes zu Beplauderndes eingefallen war. Ich erzählte ihr, daß ich am 6.3. in Ratzeburg zu einer Trauerfeier erwartet würde, und daß sich der Verblichene, ein 64-jähriger Herr, eine fröhliche Feier gewünscht habe.
Später schrieb ich der Rosa zum Geburtstag.
Ihr kopierte ich die Weihnachtswünsche eines Jürgen Meister heraus, um sodann in der Schrift des Geistlichen fortzufahren: ***Der eine Wunsch ist bereits in Erfüllung gegangen: Der Wunsch nach Stille, denn man hört nur noch das leise Geklimmper der Tasten mit denen ich Dich nun bemaile.***
Dann tippte ich den Türkeireport weiter, und man befand sich wieder mit Rehlein auf Reisen in der Türkei.

Am Nachmittag kam auch ein bißchen Haushalt zum Zuge, so daß die Küche, passend zum Wetter – lichter und freundlicher wurde. Das Wetter lächelte verheißungsvoll.

In „Brisant" wurde über den „Fall Diren" berichtet: Irgendwo in Amerika wurde ein deutsch-türkischer Austauschschüler in einer Garage von einem rabiaten Hausbesitzer (einem Chinesen) erschossen. Jedenfalls befanden die Juroren den Herrn schuldig! „Hurra!" hallte es da rund um den Globus, und der Diren sei ein Engel gewesen, wie seine an Hildes Yussuf erinnernden Spezeln, z.T. mit modischer Deckelfrisur bestülpt, glaubhaft und gefühlvoll zu berichten wußten. Er fehlt links außen in seiner Fußballmannschaft, und als Mensch in der Schule.
Der Abend senkte sich nieder, und das Feuer wollte geschürt werden.
Später beskypte ich Onkel Dölein. *Ich* blieb für ihn unsichtbar – er jedoch, wenn auch in zackig stockenden Bewegungen, leuchtete als lustiger älterer Herr auf. Ein Didi-Hallervorden-Verschnitt mit den Zügen der verstorbenen Omi Mobbl im Gesicht.
Das Thema „Besuch in Florida" wurde nicht mehr thematisiert – mehr noch: Als ich davon sprach, daß man sich mal wiedersehen müsse, gab sich der Onkel überrascht: „Wir??" Habe man sich nicht erst vor einem Jahr in Petaluma gesehen?
„Aber den Onkel Hartmut sehe ich fast jeden Tag!" übertrieb ich leicht.

Über die Bea hätte ich so gern gesagt, daß man sich hoffnungslos auseinandergelebt habe, und in Deutschland da sage man zu Frauen wie der Bea „blöde Ziege".

Historische Erinnerung aus den frühen 80er Jahren:

Wien:
Onkel Dölein versuchte ein ungeschickt parkendes Auto, gottlob im Leerlauf stehend - mit seiner eigenen Autoschnauze behutsam ein paar Zentimeter zu verrücken – da kam eine grämliche Wienerin des Weges und sagte: „Moucht mo döas bei Äich in Deitschlound??"
„In Deutschland sagt man zu Frauen wie Ihnen „blöde Ziege!" sagte Onkel Dölein, sich in seinem Autopanzer mutig fühlend, und fuhr weiter, und ich war so stolz auf den Oheim! Denn wenn man so eine alte grantige und grämliche Wienerin kennenlernt, kann man sich gar nicht vorstellen, daß dem lieben Gott eine noch entsetzlichere Vorlage hätte einfallen können, denn meiner Meinung nach ist fast jeder Mensch zu jenem Zwecke erschaffen, anderen als Beispiel zu dienen – und sei es als Beispiel dafür, wie man lieber nicht werden solle?
Onkel Dölein und ich sprachen über Partys.
Die Deborah schmeißt jede Woche eine Party.
Die schmeißtse, um ihrerseits auch wieder auf Partys geladen zu werden, und wird stocksauer, wenn die erwarteten Gegeneinladungen ausbleiben.

Dann lachte Onkel Dölein bei der Vorstellung, daß ich jetzt mit Buz alleine bin, und frug sich, wie das überhaupt gehen solle?
„Und du heizest den Ofen auf?!" (Belustigungssmilie)
Dies sagte Onkel Dölein auf eine Art, als sage man beispielsweise zur Gretel: „Und du spielst nun also die erste Geige?"

Zu später Stund, um zehn nach elf, wollte Spätheimkömmling Buz in Wiener Neustadt abgeholt werden. Im Bruckner-Klangbad reiste ich hin, doch als ich meinen Abholbraten glücklich im Auto sitzen hatte, hatte ich den Lärm kurz zuvor abgeschaltet, da sich Buz in mir frug, wie man bloß immer in solch einer Posaunenbrühe herumsitzen kann? Und dies war mir nun peinlich.

Daheim war´s still aber nett. Buz schenkte sich ein Glas Wein ein und aß dazu ein Tastaturbrot, sprich ein Brot mit tastaturartig aufgetragenem Camembert, und zum Nachtisch einen Reistaler mit Erdnussbutter und einer zierenden Nuß oben drauf.
Buz im Sorgenstuhle wurde nett und schmuserig.
„Du bist so süß!" sagte er warm, und Worte dieser Art freuen doch ungemein.

Freitag, 19. Dezember

Ein zaubcrischcr Tag.
Zum Dämmer sagenhaft getönte rosa Wölkchen,
von denen man den Blick nicht abwenden konnte.
Zu warm für den Kachelofen

Der Tag wurde von einem ganz hellen, güldenen und
freundlichen Morgen begrüßt und eingeleitet.

Beim Joggen erinnerte ich mich an die hellen Sommertage im Jahre 1990, und wenn Herr Reimer, nachdem er seine Sekretärin Sabine verabschiedet hatte, endlich Feierabend machte, so war's noch lange hell.
Ein Direktor hat es in diesem Sinne wirklich gut.
Er sagt: „Ich muß noch etwas Papierkram erledigen!" und niemand kommt auf die Idee, diese von rektörlichen Lippen dahingeworfenen Worte infrage zu stellen.
„Was für einen Papierkram?!?"
Er hatte keine Lust nach Hause zu fahren, weil die Schwiemu zu Besuch war. Das innige Verhältnis zwischen Mutter & Tochter stieß ihm schon seit jeher sauer auf.
Daheim hatte er das Gefühl, überhaupt nicht dazuzugehören, und seine Frau benahm sich in der Aura ihrer vergötterten Mutti wie ein kleines Kind.
Dies wiederum erinnerte mich an mich, so daß es ihm mit mir und Rehlein wohl kaum anders ergangen wäre, wie ich ihm erzählte. Doch darüber lachte Herr Reimer:

Rehlein war ihm durchaus vertraut, da er uns als Familie einmal im „Bären" beim Mittagessen beobachtet hatte. Über mich habe er gedacht: „Die spinnt!" „Doch das habe ich sehr liebevoll gedacht!" fügte er warm hintan.

Als ich nach dem morgendlichen Waldlauf wieder daheim war, ging es mir ein bißchen wie Askeladden*: Das Frühstück war schnell aufgebaut, und nun stocherte ich in der Asche herum.
*Ein Held in norwegischen Märchen, der unserem Aschenbrödel entspricht
Ich verlor mich im Ascheherumstochern und wunderte mich, wo Buz wohl bliebe?
Buz war gestorben!
Doch dann rumpelte Buz gottlob doch nochmals auf. Das Feuer ging nicht an, und wir frühstückten in aller Stille.
Buz las im „Standard", so daß man sich auf ein einsilbiges Frühstück, wenn auch in schöner Wetterlage gefasst machen durfte. Also schaltete ich den Televisor ein.
Dort lief wie alle Tage „Brisant":
Unmittelbar angeschmiegt an die Geschichte von den acht erstochenen Kindern in Australien, wurden die gigantischen Staus thematisiert, und Buz wunderte sich über dies Durcheinander an Nachrichten.

„Nein! Es ist sehr präzise gestaffelt", meinte wiederum ich: „Erst Politisches, dann Dramatisches – gefolgt von Ärgerlichkeiten."

Ich hätte Buzen gerne erzählt, wie sich Herr Reimer immer auf eine Bank hinter dem Haus gesetzt hat. Er setzte sich hin, um auf den Tod zu warten, und damit sich seine Frau nicht gar so härmt, tat er so, als wolle er den Sonnenuntergang genießen.

„Jetzt am Vormittag?" lachte Frau Reimer.

Wenn sie dann später aus dem Fenster blickte, um auf Art von Frau Holle die Betten auszuschütteln, sah sie ihn dort unten sitzen und warten.

Gestern hatte Buz nach einem Telefonat stolz gesagt:

„Viele Grüße übrigens vom „**Professor**" Hao!"

Der Hao sei Professor in Kanton geworden, und auch ich solle versuchen, mir dort eine Professur zu ergattern, um viel Geld zu verdienen! hoffte Buz, mir den Mund wässrig zu machen, doch die Hoffnungsmachung verfehlte ihr Ziel.

„Ich werde dieses Haus hier nur noch mit den Füßen voran verlassen!" sagte ich auf Art einer 89-jährigen Dame.

Mehr noch: Jetzt, am Tage danach, begann ich zu zweifeln, ob der Hao wirklich eine Professur bekommen habe?

„Ich kann nicht einfach nach Kanton ziehen – tausende von Kilometern von meinen Lieben entfernt!" sagte ich in jäh aufwallender feuriger und doch liebevoller Bärsche.

Außerdem glaubte ich kaum, daß das mit der Professur vom Hao der Wahrheit entspricht, denn hat man solcherlei bei unserem Freund, dem Labuschen „Xie" nicht zu Genüge erlebt?

Rehlein war damals so begeistert, daß der Xie Professor in Sezuan geworden sei, daß sie bereits Reisepläne schmiedete um ihn bald zu besuchen – doch am Ende des Telefonats sollte sich sodann herausstellen, daß der Xie vorhabe, morgen Papier zu kaufen, auf dem er seinen Lebenslauf und seine Bewerbung zu schreiben gedachte!

Der Hao sei aber wirklich Professor geworden! beharrte Buz. Dies wisse er, weil der Vater von der Yi Ting Rektor an eben diesem geheimnisumwitterten Institut hinter Gebirgsketten sei.

„Aber auch der Vater von der Yi Ting hat vor, morgen Papier zu kaufen, auf das er sodann seine Bewerbung als Pförtner draufzuschreiben gedenkt!" lachte ich.

Und das Wörtchen „Rektor" bedeutet in diesem Falle, daß er sich reckt, um das Tor zu öffnen, so daß man das elektrisierende Wörtchen lieber etwas anders schreiben sollte. So: Recktor.

Dies sei Chinesenart:

„Hiermit bewerbe ich mich höflichst bei Ihnen um den hoffentlich vakanten Posten des Recktoren...." schreibt der Vater von der Yi Ting in schönster Pinselschrift auf ein blütenweißes Blatt Papier, „ich spiele Klavier und habe es durch Fleiß und beharrliches Üben bereits bis zu Beethoven gebracht!" Denn selbst ein Pförtner in einer so gigantischen

Musikhochschule sollte wenigstens etwas Ahnung von der Klassik haben.

Buz erzählte von seinem neuen amerikanischen Schüler, für den er die Violintechnik nun so zu verfeinern gedächte, daß sie in eine Nußschale passe.
„In one nut-shelf!" lachte der süße Buz so süß mit einem selbsterfreuten Aufschnalzen im Gebahren, und formte mit den Fingern eine symbolische kleine Nußschale.
Wegen dem Feuer, das wieder aufgeglimmt war, mußten wir die tägliche Geigenstunde nun vor dem Kachelofen abhalten, und Buz bat mich, ein Referat zum Thema „Bogentechnik" abzuhalten, doch man kam kaum zwei Sätze weit, und schon fuhr Buz dazwischen und hatte noch verfeinerte und idiotensicherere Ausformungen der Ideen parat.
Nach dreißig Minuten hatte ich nun auch genug von dem anstrengenden Thema „Bogentechnik", so hochgeistig es auch ist.

„Das könnte Sie auch noch interessieren!" liest man immer wieder im Internet, und tatsächlich interessiert es einen auch noch: „Diskomörder fleht vor Gericht um mildes Urteil".
Und wieder blieb ich am Fall „Diren" kleben:
Der chinesischstämmige Angeklagte Markus K. (30) rauchte in den Verhandlungspausen eine Cigarette, und lächelte die Journalisten sehr freundlich an.

Bedauernde Aussagen darf er leider keine machen, da dies als Schuldeingeständnis gewertet würde, hatte ihm der Anwalt eingeschärft: Doch macht er keine bedauernden Aussagen, so muß man bald darauf lesen, daß er keine Reue zeige, und dies würde ihm als besondere menschliche Grausamkeit angekreidet.
Buz findet es abscheulich, daß die Amerikaner einfach so hemmungslos von ihrem Schießeisen Gebrauch machen dürfen – doch sicherlich gibt es auch Stimmen *für* den Gestrauchelten, der ja in einer mißlichen Lage stak: Ein wildfremder, testosterongesteuerter Jugendlicher in *seiner* Garage, der offenbar gekommen war, ihn und seine Familie zu ermorden?
Im Februar wird das Strafmaß verkündet, und zu erwarten ist eine Strafe zwischen 10 und 100 Jahren. Bis dahin darf er allerdings nochmals nach Hause, um alles zu regeln, und seine Garage noch ein bißchen weiter zu bewachen.
Der Diren hatte eigentlich in einer fremden Garage nichts zu suchen gehabt, doch Markus K. hatte die Garage mit Fleiß offengelassen, weil er einen Einbrecher ködern wollte, den er dann erschießen dürfe. Er wollte von seiner Waffe und seinem „guten Recht" Gebrauch machen, um sich als echter Amerikaner und Held fühlen zu dürfen. Kurzum: Als „Einer der Ihren".

Immer wieder muß die letzte Seite vom Rondo Capriccioso mit den extrem steilen und spitzen

Notenhügeln, für Buz als geigerische Bocksprungsübung herhalten.

Todesmutig spielte mir Buz die so spitzhügelige und somit äußerst hürdelige letzte Seite vor, und setzte sich selber gnadenlos dem eventuellen Hohngelächter, oder aber einer spitzen Bemerkungen einer Dame aus.

„Bravo!" rief ich aber nett, um dem Lernenden Mut zu machen. [„Noch viel Luft nach oben, doch es kann nur besser werden!"] ← Nein, dies sagte oder dachte ich nicht – dies steht hier nur zum Spaß so hingeschrieben.

Ich schrieb meiner lieben Freundin Nelly so nett ich konnte zum Geburtstag, und entwarf frohstimmende Zukunftsideen, die den seelischen Frost, in dem die Nelly zur Zeit betrüblicherweise steckt, zum schmelzen bringen sollten:

…Plötzlich klingelt es an der Tür. Es ist die Vroni, die ihren alten Eltern den Neuen an ihrer Seite präsentieren möchte: Dirk Nowitzki*.

*Einen prominenten Sportler, für den die Vroni bereits seit ihrer Teeniezeit schwärmt

Ist dies tatsächlich der multipel Gehörnte aus den Klatschjournalen, dem nun ein stilles, spätes Glück beschieden ist?

Und weißt Du Nelly, was das Schöne im Leben ist? Jeden Tag rupft man ein neues Kalenderblatt ab – und jeder Tag bringt einen der Erlösung näher← (Nein! Dies lösche ich wieder hinweg – auch wenn es stimmt), und wieder scheint ein Tag vor einem zu liegen, den man in dieser und variierter Form nun wirklich zu Genüge durchlebt zu haben glaubt.

Heute fischte ich drei Weihnachtsbriefe aus dem Briefkasten: 1.) von Kathi König: Kurz und knapp – wohl im Zuge der fälligen Weihnachtsbewünschungsabarbeitungen rasch – allzu rasch – abgehakt. 2.) Heidi und Gernot. Es schrieb der Gernot, von dem ja nur zu hoffen ist, daß er noch nicht vom Flämmchen der Demenz angesengt ist, und von der Heidi lag eine kleine Bastelei dabei.
3.) Sehr nett dann die üppige, auffaltbare Karte von unserem Hausfreund Herrn Backe, die – mit Fotos bepappt – sogar zum Umblättern einlud: Auf Seite eins: Allgemeine freundliche Worte zum Fest für Freunde und Bekannte, und auf Seite zwei sodann etwas Persönliches, Handgeschriebenes:
Herr Backe neigt allerdings dazu, relativ leere Füllsätze mit völlig unpassenden Ausdrücken sinnlos zu strecken. Beispiel: **Ansonsten ist der innere Abstand längst durchdringend geschafft!**
Aber vielleicht muß man sich den Satz ja auch siebenmal durchlesen, und plötzlich erschließt er sich doch, denn schon hier beim Niedertippen begann er sich, mir zu erschließen.

Auf seniorile Weise wollte Buz unbedingt seine „ganze Woche" haben, auch wenn die „Tele" aus

dem Standard, zumindest für das Fernsehprogramm, doch wohl genau so gut ist?
Und so schickte ich mich an, sie ihm zu kaufen.
„Die ganze Woche" mit ihren geistvollen Kolumnen und ihren ergreifenden Geschichten ist tatsächlich etwas ganz besonderes, und bekommt von uns den „goldenen Löwen" oder etwas entsprechendes für die beste Illustrierte im deutschsprachigen Raum zuge-sprochen.

Gleich unten in der Kalgasseneinmündung am Fuße des Hügels auf dem wir leben, fuhr mir der Poppi in seinem grünen Merzedes entgegen, und der Poppi war nett! Seine Hand, die er mir aus dem Fenster reichte, war so schön warm, und eine Woge an Zärtlichkeit und Rührung erfasste mich.
In den Nachrichten habe man´s gehört: – interessiert spitzte ich die Ohren – der große Schnee würde Ende März/Anfang April erwartet, und drum wolle man Weihnachten und Ostern in diesem Jahr austauschen – jetzt lachte er dröhnend und fröhlich, und schüttelte sich in Erheiterung über dies kleine Späßlein. Und ja, man würde sich sehen!
Dann fuhr er weiter.
Gleich um die Ecke gewahrte ich die Frieda, meine ehemalige Sitznachbarin in der Schule.
„Laß Dich drücken!" sagte ich warm.
Die Frieda ist geschieden, hat zwei Schlaganfälle hinter sich, an einer Seite sind bereits mehrere Zähne abgängig, und wie so oft im Leben rauchte sie

soeben eine Cigarette, - eine Ratlosigkeitszigarette, da man ja nie weiß, wie es weitergehen soll, und so stellt man sich eben mit seiner Zigarette an die Straße und wartet ab… – und ja, sie sei immer noch sehr glücklich mit dem jungen Araber verheiratet, dessen Deutsch schon ein bißchen besser geworden ist. Aber nein, arabisch zu lernen plane die Frieda nicht – ebensowenig, wie sie damals nach der Geburt von der kleinen Madeleine geplant hat „in Serie zu gehen".

„Dabei bleibt's!" hatte sie damals strikt und fest zum Opa gesagt, als wir uns zur Weihnachtszeit im Jahre 1987 hinbemüht hatten, um das Baby zu bewundern. „Wir haben nicht vor in Serie zu gehen!"
Doch nach einigen Jahren hat der Storch ihr und ihrem dicken Ex, Herrn Horvath, noch eine kleine Marina gebracht, die später im Gegensatz zu ihrer schlanken Schwester ein höchst adipöses Kind wurde, so daß der Opa einmal mahnend den Zeigefinger hob und sagte: „Du ißt zu viel!"

Ich radelte weiter, und an der Feuerwehr lief ein reifes Liebespaar Hand in Hand, und dennoch sah die hölzerne Frau ganz verhärmt und verholzt aus.
Auf dem Heimweg plauderte ich noch mit Herrn Hartl an seiner Pferdekoppel, die er mit einem großen leuchtenden Stern geschmückt hatte, auf daß die Pferde eine Weihnachtsfreude haben mögen.

Daheim rief mich der süße Ming an.

Ming, den ich doch bereits ein bißchen verloren gegeben hatte, denn schon hatte sich Ming in ein typisches „Geschwister" mit eigener Familie und eigenen Sorgen verwandelt. Na, er kommt vielleicht noch zu meiner Beerdigung – so wie der „Gruß Achim"? (So der Spitzname von Herrn Reimers jüngerem Bruder, der von Herrn Reimer zu Lebzeiten leider doof gefunden wurde.)
Immer wieder murmelten meine Lippen einfach so, und ohne daß ich dies geplant hätte: „Gruß Achim!" vor mich hin.
Der Achim reiste von Heppenheim nach Schluchsee zur Beerdigung und wieder zurück, und wahrscheinlich besteht nun kein Kontakt mehr zur Schwägerin? Wozu auch? Der knappe Gruß ist ja auch wohl eher darauf zurückzuführen, daß Frau Reimer denken *könnte*: „Ich würde alle Achims dieser Welt mit Freuden auf den Mond schießen, wenn ich dafür nur noch zwei Minuten mit meinem Jürgen hätte!"
Und warum möchte man jemanden mit dieser Einstellung noch groß mit Worten belästigen?
Jetzt aber plauderte ich mit Ming.
Mit Rehlein sei es schööööön, wenn wir nicht dabei sind! schwärmte Ming begeistert. Man wolle Rehlein jetzt behalten, und ich solle mit Buzen alleine weiterleben.
Mehrere Leute habe ich schon ungefragt damit bemailt, daß meine Mami nach Ostfriesland gereist

sei, um ihr süßes kleines Enkelchen zu besuchen, und bislang nicht wiedergekehrt ist.

Zu Weihnachten wünsche ich mir den Froschwaschlappen von Roßmann, weil der auf rührende Weise so schuldbewusst schauen kann. Ming hofft natürlich sehr, daß die den noch führen, und wenn nicht, so stünde man verlegen da.

Buz und ich jausneten Stollen und Karamell-Schokolade zu „Brisant":
Ein LKW stürzte auf die A7, giftgelbe Chemikalien mußten dringend vor dem Regen geschützt werden, und die Autofahrer im Stau waren mal wieder die Ärsche vom Dienst. Doch einigen wenigen war ja immerhin die Freude zuteil, der ARD ein kleines Interview geben zu dürfen.

Zum Abendbrot lief ein Film nach Agatha Christie mit Sir Peter Ustinov als Hercule Poirot, und ich erzählte Buzen, wie ich in jungen Jahren in Gstaad allabendlich ins Kino ging, um Filme dieser Art anzuschauen.
Nach einer Weile riss ich mich von der Abendtafel hinweg, um zwei Stunden mit sinnvollem Tun zu füllen.
Zunächst verschwand ich im Büro, doch nicht sehr lang.
„Was sie da bloß immer treibt?" dachte Buz in mir verständnislos hinter mir her. Dann aber verschwand

ich ins Dachgebälk, und übte emsig auf meiner Violine, um Buz eine Freude zu bereiten.
Buzen war somit eine sturmfreie Zeitspanne jener Art beschieden, als seien beide Eltern aushäusig.

Als ich zu später Stund von der gefühlten Orchesterprobe returkehrte, erzählte mir der süße Buz hochergötzt die köstlichen Späße, die der Nuhr gerissen habe, da Buz sich nämlich „Nuhr im Ersten" angeschaut hatte.
Buz hatte eine verspannte Stelle am Nacken, die massiert werden mußte, und hernach oblag´s mir, die Wärmflasche in seine Schlafstube zu tragen.
Dort war ich wirklich überrascht:
Buz hatte sein Bett gemacht, und hinzu so schön, wie es ein diplomiertes Zimmermädchen kaum besser hinbekommen hätte:
„Jeden Tag ein bißchen besser!" rief ich freudig aus.

Samstag, 20. Dezember

Nicht ganz so schön wie gestern,
da zuweilen von grauen Wolken beschwadet.
Vormittags jedoch sehr frühlingshaft und hell

Wieder erhob ich mich in einen milden Frühlingstag, und alsbald zeigte sich auch Buz als froher Morgenmensch.

„Wir könnten doch mal ein Müsli essen!" regte Buz an. Doch selbst bei der simplen Müslifrage fehlt uns Rehleins unerhörtes Knoffhoff. Buz beugte sich fragend in den schlanken Nahrungsmittelschrank hinein, und stand mir dabei bei der Frühstückszubereitung sehr im Wege.

Wenig später saßen wir gemeinsam zu Tisch.
Buz hat einen ziemlich gut durchgetuckerten Tageslauf, so daß direkt von einer präzise laufenden inneren Uhr gesprochen werden darf.
Zum Frühstück beispielsweise möchte Buz vom Radio berieselt und unterhalten werden:
Eine Dame erzählte von Arnold Schönberg, dem von einem gewissen Richard Strauß Schmähungen an den Kopf geworfen wurden, indem der hocharrogante Garmischer riet, Schnee zu schippen, statt immer mehr Compositionen niederzuschmieren. Und so schrieb Schönberg dichterisch an Alma Mahler: „Wenn ich dererlei lese, so juckt es mich, statt der empfohlenen Schneeschippe die Mistgabel zur Hand zu nehmen, und sein Werk nach Oberflächlichkeiten durchzustochern."
Hernach lief eine besinnliche Bearbeitung eines Weihnachtswerks von Schönberg, und danach ein besinnliches Werk von Boccherini, das so klang, als habe man die Hauptstimme vergessen, so daß es

Buzen nicht gefiel, und während Buz noch davon sprach, daß es ihm nicht gefiele, sendete man ein schnulziges Lied aus einer EU-Musikgrauzone:
„Es ist wie es ist, und es kimmt wie es kimmt!" (In kölschem Humore).

An Poppis Briefkasten, der am Beginn des Dr. Gerhard-Poppinger-Weges, in freier Wildbahn steht, fuhr ein Auto über den Kalgassenbuckel hinweg, und in diesem Auto saß Poppis junge Ehefrau Renate.
Die Renate stieg aus, und auf ihrem Display erschien ein ganz schiefes Autosymbol, das vielleicht geheißen haben *könnte*: „Auto muß abgeschleppt werden!"
Doch statt dem Symbol das nötige Entsetzen entgegenzubringen, lud mich die Renate ganz spontan zu einer Autofahrt zu sich nach Hause ein. Man wolle einen kleinen Kaffee mit mir trinken.
Ich dachte an meinen einsamen alten Vater, der doch daheim im Sorgenstuhle grad selber auf mich wartete. Doch den ließen wir jetzt erst einmal sitzen und warten, auch wenn sich später trefflich darüber scherzen ließ, daß er jetzt vielleicht die Schandarmerie benachrichtigt – zumal im Ofenbacher Forst ja schon mal eine Frau spurlos verschwand.
Ein Kriminalfall aus dem Jahre 2001, der den Popis durchaus geläufig ist, zumal damals hinter ihrem Haus vergeblich nach der verschwundenen Heidrun W. herumgestochert worden war.

Jetzt aber wurde ich erstmal so freundlich und außer Rand & Band vom kleinen Hochglanzdackel Emil begrüßt.

Wie das Pröppilcin sprang der kleine Emil in seiner Kuschelecke herum, und ein bißchen erinnerte er mich auch an Buz, wenn Besuch kommt.

Buz spielt wild vor Freude auf seiner Geige, und seine Finger turnen behende durch die Lagen.

Die beiden bildhübschen Schmusekatzen Poldi und Miezi waren da deutlich vornehmer, und da die Renate immer einen guten Plauderschwung in mir auszulösen pflegt, berichtete ich, und dies, während ich genüsslich die Miezi streichelte, von der Modenschau in der Türkei, wo Rehlein sich als Model verdingt hat: Und doch: Man kann den teuersten und feinsten Stoff in Händen halten, und doch kommt das Gefühl nicht an den sinnlichen Genuß heran, einen neugeborenen Tapir zu streicheln.

Katzenschulen gäbe es nicht, da Katzen unbelehrbar seien, erfuhr ich.

Der Poldi war in seiner Verschmustheit allerdings so fein. Während ich die Miezi streichelte, schmiegte er sich ganz unaufdringlich an mich, um auf unaufdringlichste Weise zu bedeuten, daß auch er noch da sei. Die beiden sind Geschwister und kein Ehepaar.

Der Kaffee war fertig geworden, und nun begaben wir uns in das feine quadratische Sitzeck, wo es ja ein bißl ausschaut wie bei Neckermanns.

Ich erfuhr, daß als nächstes eine Kreuzfahrt ansteht. Am 3.1. fliegt man nach Miami, und in Ford Lauderdale besteigt man sodann ein Schiff nach Kolumbien.

Der kleine Emil biss mich schmerzfrei in die Ferse, und ich erzählte, daß ich dies zuweilen mit Mings kleinem Kind ebenso betreibe. Schaut keiner hin, so beiß ich es ins Haxerl.

Dann erzählte ich, daß man sich den Unterschied zwischen uns und dem sog. „Etwas anderen Festival" so vorstellen müsse, wie zwischen den feinen Haubenspeisen von Frau Thurner im Gasthaus „zur Burgenländerin", und der Wurst bei Burger King. Man argumentiert, daß die Wurst bei Burger King auf der ganzen Welt gegessen würde, - sogar in LA, Tokyo und Sidney. Ja denn! Dann scheint diese Wurst ja tatsächlich in einer gänzlich anderen Liga zu spielen als die feinen Gerichte von Frau Thurner? Doch Frau Thurner wiederum würde sich einen husten, wenn ihre köstlichen Speisen – entwickelt aus jahrhundertealten Geheimrezepten der Familie, mit der banalen Wurst von Burger King in einen Topf geworfen würde.

Etwas, was die Gretels dieser Welt ja leider nicht so recht verstehen wollen. Man bringt diese so passenden, kunstvoll auf die Intelligenz des Gegenübers zugeschneiderten Worte an, und erntet doch nichts weiter als einen dumpfen, fragenden Blick aus einem Mondkalbsgesicht, der vielleicht

besagen soll: „Und was hat dies bitteschön mit der Musik zu tun?"
Die Poppis haben in letzter Zeit etwas Streß dieser Art: Poppis Sohn Roland ließ sich scheiden, hat jedoch bereits eine Neue, und Renates 87-jährige Mami wurde nach einer Krebs OP in ein Heim getopft, wo sie sich allerdings gottlob wohl fühlt.

Hätte ich mir die vielen leinenbezogenen Tagebücher mit edelstem Büttenpapier der Nobelfirma „Semikolon" gespart, so könnte ich mir jetzt auch eine Kreuzfahrt leisten! erzählte ich scheinbedauernd, da ich auch in diesem Falle lieber daheim bleiben würde.

Die Renate packte mir ein Päckchen mit Gebäckstücken für unseren Süßen daheim ein.
Dann rannte ich nach Hause zu Buzen, und hinter Kastners Haus bestaunte man einen flammenden Himmel.

Bei uns habe der Nikolaus vorbeigeschaut, berichtete Buz: Frau Dostal hatte Plätzchen gebracht, und auf die beigefügte Weihnachtskarte hatte sie noch nicht einmal ihren Namen draufgeschrieben, da es ihr nur um die Sache ging.
Es lief ein Film über Rudi Carell, der von Buzen als köstlich empfunden wurde.

Hernach schauten wir uns das Horowitz-Konzert in Moskau an: Nach 61 Jahren sah der Horowitz seine Nichte wieder. (Damals 9, heute 70)
Die mittlerweile verknitterte alte Dame besuchte den Meister im Künstlerzimmer und stellte sich vor, und der gefühlvolle Buz bekam Tränen der Verzauberung und Rührung in die Augen.

Sonntag, 21. Dezember

Geräuschvoll brausender Wind.
Eher grau getönt,
wenn auch durch die angepusteten Wolken
zuweilen Teile des Himmels entblöst wurden,
ohne, daß man einen Blick
auf die Sonne erhascht hätte

In einen windverblasenen Tag hineingewirbelt, stand ich nunmehr neben meinem Bette, und versuchte aus der Tatsache, daß man nun im Frühling eines frisch ausgebrüteten Tages stand, dessen meist allzu rasch herbeinahendes Ende der Erwachsene zu beklagen pflegt, Kraft und Lebensfreude zu schöpfen, die sich bei einer Ü50erin ohne Glück in der Liebe leider nur tröpfelsweise zu summieren pflegt.

Doch nach zirka acht Minuten, beim Einstieg in die leider morastig und somit unvorzeigbar gewordenen bunten Tennisschuh, hab ich dann immerhin genug Schuss Pulver zusammengemolken um loszu"rasen".
Schon gestern tobte ein geräuschvoller Sturm, und noch immer klang es draußen so, als befände man sich auf der Autobahn, so daß mich meine Eltern wohl kaum von der Leine gelassen hätten.
Ich stak nun in jenem Tag, den ich schon herbeigesehnt hatte: Nach gefühlten sechs Jahren wollten Buz und ich am Abend nach Schwechat fahren, um unsere Frau Mama vom Flughafen aufzupicken, und als süße Frucht bzw. köstlichen Knusperbraten frisch aus der Röhre wieder nach Hause zu holen.
Doch wird dem wirklich so?
Noch fühlte es sich an, wie ein bevorstehendes bewegendes Wiedersehen bei „Frauentausch", wenn einem nach 14 Tagen endlich wieder seine richtige Mutti geliefert wird, und man sein Glück ersteinmal eine ganze Weile lang nicht fassen kann.
Zu lang dürfe der Frauentausch allerdings auch nicht ausgedehnt werden, da sich beide Parteien sonst an den neuen Zustand gewöhnen würden, denn es ist ja durchaus nicht alles schlecht, was die Veränderung so bewirkt. Viele Krankheiten beispielsweise erledigen sich einfach, wenn man die Kulisse drumherum verändert. Da dies aber niemand macht, lässt sich diese Mutmaßung einer missmarpelig begabten Frau

nicht verifizieren, und somit auch nicht zum Patent anmelden.
Buz hat ein bißchen was im Haushalt dazugelernt, das man ihm gar nicht zugetraut hätte. Vorallem aber sieht man: Es geht auch ohne Nörgeln und Geschrei! Weniger gut ging´s allerdings mit dem Kachelofen.
Gestern abend hatte Buz lose geraten, den Kachelofen von Asche zu befreien, während man aber doch noch Rehleins Worte im Ohr hatte, daß sie die Asche nur so etwa zweimal im Jahr zu entfernen pflegt. Doch diesmal hörte ich auf Buzen, und sofort brannte das Feuer lichterloh.

Buz war begeistert, wie perfekt ich das Frühstück aufgebaut hatte.
Doch leider mußte das Frühstück ja schon wieder – Café Sonntagsbedingt – unter der Radioglocke eingenommen werden. Heut ging´s um das Thema „Casanova".
„Weißt du, wer Casanova war?" examinierte mich Buz. Ich lächelte in mich hinein, als ich die Gedanken weit zurücksandte, und mir vorstellte, wie auch eine brave Pfarrfrau einst der Sogwirkung eines Monsieur Landru* erlag.
*Dem Blaubart von Paris

Das Konzert mit Frank-Peter Zimmermann im Kloster Andechs interessierte den geigenkundigen Buz indes noch mehr als die Casanova-Geschichte, und nun waren wir wirklich angenehm überrascht:

Hatte Buz nicht einen schweren, klobigen, vom multiplen Weingenuß leicht geröteten Geiger mit erschreckend gewöhnlich hausbackenen Interpretationen erwartet?

Stattdessen lernte man einen schlanken, junggebliebenen Herrn von rührend angenehmem Wesen und einem sehr charakteristisch reizvollen Gesicht kennen, auf dem sich ein sympathischer Anflug leisen Humores spiegelte, und das aus einem krawattenbehangenen Hemd aus blütenweiß gestärktem Kragen emporragte, und war in vieler Hinsicht entzückt. Nicht zuletzt auch von der ehrlichen Arbeit, die hinter seinem grandiosen, über jeden Zweifel erhabenen Violinspiel steckt.

Zunächst entlockte er seiner Stradivari spanische Klänge aus einer Suite von Manuel de Falla. An der Gitarre begleitete ein junger Alfred-Schnittke Verschnitt mit John-Lennon-Brille, der Buzen sehr imponierte. Diese geschickten Hände, und keine schabenden Lagenwechsel, wie sie einem bei Mittelklassegitarristen sonst alleweil störend ins Ohr steigen.

Sogar Bachs Chaconne imponierte Buzen, wenn er sich auch kleine Bemerkungen von Artgenosse zu Argenosse nicht verkneifen konnte:

„Kein Vergleich zu Lisa Batschwili!" brüstete sich Buz einfach fremd.

Buz nannte die junge Geigengöttin einfach „Lisa Batschwili" - und dabei heißtse doch „Lisa

Batiashwili", - so als spräche man im fernen Georgien über Buz als „Wolfram Körnig"?
Tatsächlich ergoogelten wir nun die von Buzen so herzlich beschwärmte Geigerin, die mich leicht an die „Tanja" in der „Lindenstraße" erinnerte. Auf einem Video spielte sie das von Buz so sehr besungene Brahms-Konzert.
Am Pult der quadratköpfige Christian Thielemann.
Buz erzählte mir, daß die junge Geigerin aus einer künstlerisch hochkarätigen Familien stamme.
Die Lisa trug ein putziges Kleid: Passend zu ihrem rosaroten Lippenstift. Ein Kleid, an dem der eine Ärmel fehlte.
„Das schöne Kleid, das ihre Mutti genäht hat, scheint leider nicht fertig geworden!" sagte ich weltfremd.

Mittags entschwand Buz erstmal zum Tanken. Es war nämlich so: Man freut sich wie blöd auf die Heimkehr unserer Frau Mutter, doch nun stellen sich einem Wackersteine dreierlei Art in den Weg:
a) Buz hat kein Kärtchen, mit dem sich tanken ließe. Ob ich eins hätt? Nein. Bar möchte Buz nicht tanken, weil dies viel teurer sei. Hallooh? Hat er da was mißverstanden? Und an *meinem* Auto wiederum ist das Pickerl abgelaufen.
In Österreich wird alles zum Problem. Selbst das simpelste Telefonat.
Na, wenigstens wurde ein sehr netter Brief an die Tante Irma fertig.

Von außen rief mir der zu einem Spaziergang hinwegstrebende Buz zu, daß das Telefon geläutet habe. Man möge doch bitte danach greifen, denn es könnten einem wichtige Geschäfte durch die Lappen gehen.

So denkt Buz seitdem das Telefon erfunden wurde. Man wartet nur noch auf *diesen einen* Anruf.

Der Onkel Hambum war´s, und ich freute mich sehr über den Onkel am Ohre. „Ich habe grad an Dich gedacht!" sagte ich, und dies stimmte sogar, doch der Onkel glaubte es mir nicht.

Vergebens versuchte ich dem Onkel Hambum durch Telefon und Fenster hindurch zu zeigen, wie sich Buz strammen Haxerls über einen Hügel hinweg auf eine Wanderung begab. Doch man sah ihn schon gar nicht mehr. Ich tat jedoch so, als sähe man ihn doch noch, und sah ihn somit durch die Sinne des Onkels tatsächlich (wenn auch nur kurz und von hinten).

Die Stimmung des leicht regentrüb gestimmten Onkels fühlte sich durch den Telefondraht ein wenig an, als würden die Wolkenmassen, aus denen es nieselte vom Wind in die Ecke getragen, doch kalt, feucht und windig bleibt es allemal.

Nun war der Onkel allerdings sehr nett.

Zu Weihnachten wünsche er sich nichts, - dies jedoch nur, weil er wisse, daß ich kein Geld habe und ein armes Schwein sei. Ansonsten habe er sich mehrere Geschenke ausgedacht. So aber wünsche er sich nur, daß ich hübsch, brav und artig bliebe.

„Hast Du denn schon Deine Weihnachtskarten geschrieben?" wollte der Onkel wissen.
„Ich schreibe nie Weihnachtskarten!" erklärte ich. Dann aber fiel mir ein, daß ich ja prinzipiell gegen Prinzipien bin, und so sagte ich schnell: „Aber wenn du willst, so kann ich Dir sehr gerne eine Weihnachtskarte schicken!" Doch der Onkel findet Weihnachtskarten zu teuer, und ich solle ihm lieber einen gescheiten Brief schreiben.
Zum Thema Weihnachtskarten malte ich mir Folgendes aus: *Seit dem 9. Dezember 1973, einem Sonntag, waren die Suvelacks, - damals frisch verheiratet, Sie, Ende zwanzig, er Anfang dreißig? - ausnahmslos an jedem Sonntagabend bei Hartmut und Christa zu einem Umtrunk geladen – und doch schreibt der Onkel auch heut noch im Rahmen seiner Weihnachtspost:* **Sehr geehrte Frau Suvelack, sehr geehrter Herr Suvelack!**
Dann folgen Weihnachtswünsche in gewohnter Weise, und das formvollendete Schreiben wird mit einem:

Mit freundlichen Grüßen,
Ihr sehr ergebener Dr. Hartmut König

abgerundet und abkadenziert.
Plötzlich kam Buz ins Haus.
„Da kommt ja jemand!" rief ich begeistert. In seinen Stiefeln schaute Buz aus wie ein Herzog. Ich reichte Buzen den Hörer und entfernte mich, und von der Ferne hörte man, wie Buz sich an dem warmen brüderlichen Telefonat aufwärmte wie ein Wasserkocher, und herzliche Weihnachtsgrüße übermittelte.

Dann spazierte Buz noch ein bißchen weiter, und als er zurückkehrte, da fühlte er sich ganz verblasen und verfröstelt an.

Als ich mich am Abend im Internet nach Rehleins Flugankunft kund tat, rief der nachrichtenschauende Buz fassungslos und aschfahl im Klange:
„Udo Jürgens ist gestorben!"
Unsere Welt brach zusammen….

Viel zu früh kamen wir nun an der Ankunftsbühne an, - für uns ein unglaublicher Ort, vergleichbar mit den großen Opernbühnen dieser Welt, denn haben wir hier an dieser Stelle nicht die bewegendsten Auftritte erlebt? Wiedersehen mit den Verwandten aus Amerika nach Jahrzehnten?
Um diese Uhrzeit jedoch war nicht viel los, und somit durfte ich mich mit Buzens Segen noch eine Weile lang auf dem Flughafenareal zerstreuen.
In der Toilette mit ihrer reizvollen, schummrig warmen Beleuchtung darf man eines von drei Smilies drücken, die der Zentrale Zeugnis davon abliefern, wie wir Kunden wohl mit der Sauberkeit zufrieden „saan"? Aus vollem Herzen erteilte ich zweimal ein Lachsmilie, und stellte mir vor, wie es auch böse und dissoziale Menschen gibt: *Sie pullern über den Rand, um hernach lustvoll und boshaft das Mad-Smilie zu drücken.*
Auf Rehlein warteten wir lang, und tippten ihr gar ein kleines ·Willkommensmail am Mailomaten, den man netterweise aufgestellt hat, auch wenn Rehlein

diese lieben Zeilen erst am Abend würde lesen können.

Endlich konnten wir unsere geliebte Ehefrau und Mutter wieder in die Arme schließen, und ich umarmte Rehlein so fest, als wolle ich sie nie wieder loslassen.

Auf der Heimfahrt:
Rehlein erzählte vom Pröppilein. Es sei goldig, kann aber auch ganz schön zornig werden.
Auf dem Schoße vom Papa Ming spielte es Klavier, und immer richtig im Rhythmus.
Von der OSL*-Seite her gibt´s leider nur Verdrießliches zu berichten: 17 Konzerte des sog. „Etwas anderen Musikfestivals" beißen sich mit den Unsrigen!
*Teuflische Burschenschaft in Ostfriesland
Genau zu unserem Eröffnungskonzert will Kirsche in Leer den Sowjetpianisten Sokolow auftreten lassen, dem man im Vorfeld durch raffinierte Werbezüge einen ganz und gar geheimnisvollen Anstrich hat angedeihen lassen, so daß sich niemand dies Spektakel entgehen lassen möchte.

Montag, 22. Dezember

Trotz entblößter Himmelsoasen meist grau getönt

Rein theoretisch könnte der Opa Gerhard, der heut 109 Jahre alt würde, noch da sein. Frägt sich nur, wie lange noch? *Rehlein und Buz hätten ihn schon vor Jahren – genaugenommen direkt nach dem Exitus vom anderen Opa - zu uns nach Ofenbach geholt, und dies obwohl der Opa testamentarisch verfügt hatte: „Raucher dürfen unser Grundstück NIE!!! betreten!"*
Hier in Ofenbach wäre der alternde Opa Gerhard mit der Zeit geschnurrt wie eine Kartoffel. Tag für Tag würde er am Kachelofen sitzen, weil ihm einfach nicht mehr warm würd. Ich hätte ihm zu Weihnachten eine neue Wärmflasche bei Roßmann besorgt, und würde ein herzliches „Opa Gerhard" draufsticken, auch wenn der alte Mann dies mit seinen altersträben Augen wohl kaum noch erkennen würde?
Doch der Opa Gerhard hat sich fest vorgenommen, kein typischer alter Mann zu werden, und auch wenn sich der Blick aus seiner ledrig gewordenen Hülle mittlerweile so anfühlen dürfte, als schaue man durch die blinde Scheibe eines alten Schuppens, in dem seit über 70 Jahren nicht mehr geputzt wurde, und der somit über und über mit Spinnweben befüllt ist, so tut er doch so, als sähe er noch immer wie ein Adler, weil ihm die ewigen Jeremiaden und Lamentate seiner eigenen Großeltern über das Alter noch immer unschön im Gebein stecken.

Die Salzstangerln waren uns entschieden zu arg mit Salz „gesattelt", und man weiß gar nicht, was sich die Salzstangenfirma wohl dabei gedacht hat? Denn äße man die einfach auf, so schnellt der Blutdruck ja in die Höhe, und so schabten wir geräuschvoll auf unseren Salzstangerln herum.

Beim Frühstück wußte Rehlein nun allerlei aus Aurich zu berichten:

Frau Mürdel sei Rehlein aufs Überschwenglichste um den Hals gefallen, doch Rehlein war ganz verdattert, da es sich doch um ein unerwünschtes Umarmungsgeschoß von der Gegenpartei gehandelt hat. Rehlein will keine Umarmungen von Besuchern des „etwas anderen Festivals", da es sich schlicht um dreistes Diebesgut handelt, und Besucher dieses geraubten Festivals einfach die Augen davor verschließen, oder aber sich absichtlich dumm stellen, und sich gar einer Totschlagsplattitüde wie dieser hier bedienen: „Schließlich geht es NUR um die Musiiiik!" (Dümmliches Beifallheischungssmilie)

Rehlein fuhr fort zu erzählen, und erzählte von der Orgeleinweihung der frisch erbauten Orgel eines Ulfert Dochhorn. Die Kirche war gerappelt voll, und die Orgel klang hervorragend.

Rehlein saß dort inmitten all der Interessierten und spürte, wie Pastor Rübel sie mit seinen Blicken anzusaugen suchte. Doch Rehlein ignorierte ihn, und stellte sich vor, wie er vielleicht sagt: „Gebt endlich auf! Wir sitzen einfach am längeren Hebel!"

Dann sprach Rehlein über die Begegnung mit Ulrike J., und berichtete, wie es für die arme Ulrike traumatisch gewesen sei, mit dem Yossi zu proben.
Wieder lenkte ich die Rede darauf, wie es wohl gekommen wäre, wenn wir unseren Lebensmodus seit 1992 einfach beibehalten hätten?

Damals begannen die anstrengenden und uferlosen Proben beim Yossi in Wien, der sich vorgenommen hatte, das Gesamtwerk für Kammermusik von Brahms in einer völlig neuen, nie dagewesenen Lesart zu interpretieren. Doch schon damals hatte ich mir ausgemalt, daß bei seiner Probenintensität hierfür so etwa 444 Jahre vonnöten wären.

Ständig tauschte er vereinzelte Spieler wieder aus.

Auch heut müssten wir uns somit auf den 7:04 Zug sputen, da ja heute der neue Cellist aus Slowenien seinen Einstand hätt. Und zu diesem wichtigen Ereignis mögen wir uns bitte auf gar keinen Fall verspäten!

Ganz am Anfang stand ich noch am Pult der zweiten Violine, und wir musizierten mit einer schwarzhaarigen Dame mit dem wohltönenden Namen „Flieder Klara", die sich mit dem Yossi unendliche Wortduelle geliefert hatte, während wir anderen geduldig wie Schafe dabeistanden, da wir meist im Stehen probten.

Ich erinnerte mich daran, wie ich einmal bei der Flieder Klara zum Tee geladen war.
Ich folgte der gepflegten Einladung einer Dame, und mühte mich zu diesem Zwecke durch das U-Bahn Netz in Wien.

Dort führten wir eine gepflegte Unterhaltung, doch über den Yossi wurde nicht gesprochen.

Rehlein fuhr fort, aus Aurich zu berichten: Zwiefach besuchte sie den Wochenmarkt, je in Erwartung, Pastor Rübel zu begegnen.
Die Rübelsche Gattin Hannelore sei aber lieb, legte Buz ein milderndes Brikett in jenen Ofen, in dem der Groll gegen den erbärmlichen Wurzelzwerg Rübel vor sich hinglüht.
„Die Hannelore war einst, als die Kinder noch im Hause lebten, sehr streng!" erinnerte ich mich. „Doch davon ist nichts übrig geblieben! Mit dem sinkenden Östrogenspiegel, dem Alter geschuldet, schwand das Selbstbewusstsein der einst gestrengen Hannelore von Jahr zu Jahr…."
Dies inspirierte doch wohl zu einer weiteren Geschichte dieser Art: Wie nämlich unser Vetter Friedel einst in jungen Jahren als halbwüchsiger Jüngling nach Kanada flog, um seinen Vater, den Onkel Rainer zu genießen, der seiner neuen Frau hündchenhaft ergeben war, so daß er für den Sohn aus erster Ehe auf deprimierende Weise kaum einen Blick übrig hatte. Die neue Frau, eine Dame namens Sharyn, war zu dem Jüngling aber leider so streng, daß dem armen Friedel der ganze Besuch verleidet wurde.
Jahre später, als mittlerweile erwachsener Herr, sah er sie dann wieder, doch von ihrer maßregelnden

Strenge war nichts übrig geblieben. Die Sharyn hatte sich in eine liebenswürdige ältere Dame verwandelt.

Wir riefen den süßen Ming an.
Ming hat´s schon richtig erkannt: Meine Brieffluten sind versiegt. Das aber sind sie doch nur, weil immer entweder keine, oder aber nur eine dürrzeilige Antwort zu erwarten ist, und ich bin´s so leid!

Rehlein schwebte etwas vor:
Ein Bio-Gemüsekisten-Abbo zu bestellen:
Ab 18 € plus würde einem wöchentlich das feinste und frischeste Gemüse frei Haus geliefert.
Ich entschloß mich kurzerhand zum Gemüseladen hinzufahren, obwohl es in diesem Laden leider so schubberig und ungemütlich ist, wie ich finde.
Ich wurde von einer jungen Frau bedient, die eine kältedämpfende Haube trug. Auf die Frage, was ich wohl haben wolle, sagte ich, daß wir uns eigentlich überraschen lassen wollen, was für uns wohl als passend befunden und ausgesucht würde? Also trug sie Gemüseteile zusammen, und bei fast allem hatte ich das Gefühl, es passe eigentlich eher nicht. Hatten wir nicht viel zu viele eigene Kürbisse?
Andererseits habe ich aber immer Lust auf Kürbis.

Rebekka und Nelly hatten geschrieben. Die Rebekka gar lang und aussagekräftig.
Früher hat sich die Rebekka ab dem 1. Advent immer so sehr auf Weihnachten gefreut, daß sie

nachts kaum schlafen konnte, doch in diesem Jahr ist alles anders, und mit ihren mittlerweile 13 Jahren schrieb sie nun Worte, die auch von Onkel Dölein hätten stammen können: Heut sei sie froh, wenn der ganze Weihnachtsrummel vorbei ist.
Was, wenn sie bald in dieser Form auch über meine Besuche denkt? (dachte ich bang.)

Wieder nahm ein Fernsehnachmittag seinen Anfang: Es lief ein köstlicher russischer Märchenfilm, auch von Rehlein mit Entzückensausrufen bedacht, so daß sich Fernseholiker Buz nicht mehr so verlegen fühlen mußte.

Buz übte Prokofieffs D-Dur Sonate, die Rehlein ihm aus Aurich mitgebracht hatte, und die silberne Lampe beleuchtete das Gesicht des am Flügel Sitzenden geheimnisvoll.

Ich tippte dem Pröppilein eine Geburtstagsmail, doch dies fühlte sich seltsam an, da ich die Blicke von Ming und Julchen auf dem Blatte fühlte. Ich machte ein paar briefliche Lobesausrufe, denn damit kann man doch wohl so verkehrt nicht liegen?, um sodann zum verblichenen Udo Jürgens hinüberzumodulieren, und stellte gar den Link zu einer Karte zum Udo-Jürgens-Konzert am 6.3. zu Top-Preisen ein. Die Tournée heißt/hieß „Mitten im Leben", und denkt jemand an jene unter uns, die vielleicht wochenlang gespart haben, um ihren Lieben ein

Ticket für´s Udo Jürgens Konzert unter den Christbaum zu legen?
Aber schreibt man dererlei einem zweijährigen Kinde?

Am Abend lief „nur" Udo Jürgens, und ich mußte ja lachen, daß der Udo mit seinen Schnulzen so bedeutsam sein soll, daß wegen ihm das ganze Abendprogramm geändert werden muß?
Ja, das ist er! dachte ich liebevoll an den ersten Gedanken hintangeschmiegt.
Buz saß auch sehr interessiert auf der Eckbank, doch die Flammen der Begeisterung über eine frisch-gebackene Legende, mit denen man doch eigentlich bezüngelt werden sollte, sengten Buz nach Art eines störrischen Holzprügels im Kachelofen gar nicht erst an.
Einmal schaltete er gar den Ton ab, so daß wir auf einen stummen Sänger draufblicken mußten, und hi und da, wenn der Udo redete, so schalteten wir den Ton wieder ein, denn die Gesänge hat man ja nun wirklich zu Genüge gehört, und aus Udos Worten wiederum lässt sich etwas Weisheit für den Fortsatz des Lebens herausmelken.
Ganz zum Schluß saß Buz mit seiner süßen spitzen Nase noch am Kachelofen, und begann loszureferieren.
„Du mußt mir noch eine Gute-Nacht-Geschichte erzählen!", und „Du hast doch einen Erziehungs-auftrag!" hatte ich zuvor noch gesagt. Nun sprach

Buz über das Violinspiel, und daß es nur wenige
gäbe, die das ganz fantastisch machen. Ich im
Sorgenstuhle gab mir ganz viel Mühe, mich ganz und
gar in den Referierenden hineinzuversetzen, und ihm
uneingeschränkt Recht zu geben.
Über seine feinen Erkenntnisse sagte Buz so goldig
nach Art eines Buben: „Die würde ich Dir gern zu
Weihnachten schenken!"

Dienstag, 23. Dezember

Zwar milde, so doch eher (hell)grau

In der Stube brannte bereits Licht, das mir unter der
Türritze entgegenleuchtete, als ich zu früher
Morgenstund die Stiegen erklomm. Ich machte mich
allerdings, grad so „wie der Herr aus Brasilien"* der
„einfach so" und abschiedsfrei nach Europa zurück-
zureisen pflegt, klammheimlich aus dem Staube.

*Der Herr aus Brasilien:
Ein Orchestermusiker aus Bamberg, der hi und da Aushilfe im
Nürnberger Operngraben betrieb, und während dieser Zeit bei
unserer besten Freundin Veronika logierte.
Dieser Herr reiste so etwa jeden zweiten Sommer nach Brasilien,
um die Verwandten zu besuchen, doch seine Mutter war immer
nur am Jammern und Klagen.
 „Wie lange bleibst Du?" frug sie bang.
 „Drei Wochen!"

„Waaas, nur drei Wochen??"
Und schon am nächsten Tag ging das Gejammer weiter: „Heute sind´s nur noch 2 Wochen und 6 Tage. Huhhuuuuuu…aber ich weiß: Deine alte Mutter ist Dir egal, und wer weiß, wie lange ich es noch mache??Huuuuhuuuu!"
Das ewige Gejammer nervte den Herrn aus Brasilien, so daß er immer ganz plötzlich, wenn man es grad nicht erwartete, heimlich abreiste und über den Wolken nach Europa zurückentschwand, so daß er wenigstens das Gejammer darüber nicht mehr anhören mußte.

Jenen Moment, in dem ich mir die blauen Schnürsenkel meiner morastig getrimmten bunten Turnschuhe zuband, beschloß ich mir einzuprägen – eine Heftzwecke auf meinem Lebensweg, die mich auch in späteren Jahren, wenn das lange, mittlerweile ausgeleierte Band der Erinnerungen schlaff und brüchig an mir herabhängt, schlagartig wieder in den 23.12.14 hineinkatalputiert, auch wenn dies ein eher mühsamer Moment war?
Man steht vor einem Kraftakt, von dem man nicht wüßte, ob man ihn heut in 30 Jahren noch bewältigen könnte? 45 Minuten zu joggen!

Ein milder, freundlicher Morgen schwebte über Ofenbach.
Beim Joggen unterhielt ich mich im Geiste mit der Valerie über das Thema „Figur":
Valerie in einem ihrer Briefe: „Geben wir es doch zu: Wir sind nun im Matronenalter. Ich sage es auch nur

ganz leise, aber Du bist wohl auch nicht mehr so knackfrisch wie einst im Mai!"
„Meine Mutter hat die entzückende Figur, wie einst der Schneider Böck, und mein Papa ist nach langer schwerer Krankheit leider ganz dünn geworden. Nun aber geht es mit ihm bergauf…" erzählte ich ihr im Geiste Dinge, die ich doch selber weiß, nun aber doch lustvoll in ihre Ohren hinein vor mir selber ausbreitete!
Und als ich schließlich heimkehrte, pochte eine Hand grüßend von innen ans Beichtstuhlfenster im Häusl.
Buz.
Noch sei´s mild, doch über die Festtage, so Rehlein, würden die Temperaturen um minus 20 C° absinken, so daß einem angst und bange werden will.
Rehleins Feuer loderte hell und schön.
Nach einer Weile saß Buz bei uns, und ich integrierte ihn gleich in die familiäre Harmonie, indem ich mir größte Mühe gab, ein Familien-Idyll heraufzubeschwören.
Ich rückte Buz, der meist einkanalig im Windschatten des Gegackers der Damen auf seiner Eckbank sitzt, in den Fokus des Interesses, indem ich Buzens Buchidee ausbreitete und pries: Autobiografisches, vermischt mit Finessen der Violintechnik, die selbst einem Laien Appetit auf die Kunst des Geigenspiels machen.
Etwas Ähnliches habe es schon einmal gegeben, berichtete Rehlein: Die Geschichte vom Kater Murr.

Extra um Rehlein eine Freude zu machen, oder aber um Opas Geist heraufzubeschwören, huschte ich mindestens dreimal auf leisen Sohlen – sprich, meinen Filzpantoffeln zum Läptop, um mich schlau zu machen:
Was E.T.A. Hoffmann für ein vielseitiger Mensch war!
Doch grad in jenem Moment, als ich seine Vielseitigkeiten ausbreiten und nacherzählen wollte, rief der Wembo an, und grad so, als sei´s ein Liebesäusltelefonat entschwand Buz mit dem konversatorischen Braten am Ohr ins Musikzimmer, und ich hab immer Angst, aus diesen Telefonaten könnten sich schwere und unerfreuliche Musikerdiskussionen entspinnen.
Nach einer Weile kehrte Buz jedoch mit schelmischem Lächeln zurück, um Rührendes zu vermelden, das sich eigentlich drastisch mit Mings Erkenntnissen über den aufstrebenden jungen Bratscher biß, der keine Lust hat, als Provinzbratscher im Orchester zu enden:
Der Wembo habe vorgeschlagen, ein Paganini-Konzert auf der Bratsche zu spielen, und dies habe es weltweit noch nie gegeben! Ab hier dürfte der süße Sonnenschein Buz seinen Fabulierungskünsten freien Lauf gelassen haben, und doch erhellten die gefallenen Worte, - Golddukaten eines Goldesels nicht unähnelnd - unser Frühstücksbehagen, und bei uns muß man sich ja quasi jede Mahlzeit als Trio

vorstellen, dessen Tonart sich erst im Nachhinein festlegen lässt.

„Der Wembo will gar kein Geld dafür. Vielleicht, wenn man mal ganz viel übrig habe, ein bißchen…" rückte Buz den ehrgeizig Aufstrebenden in das warme Licht eines wahren Helden, und Rehlein freute sich auch darüber.

Später entzündete sich dann doch ein leichter Wirbel um die Petra, und schuld daran war ich, als ich davon sprach, daß der *Wembo* mit uns Quartett spielen möge – anstelle der Petra mit ihren jauligen Lagenwechseln, und ihrem ständigen Gerede in den Proben, von dem man in der Zeit ganz mürbe wird, zumal es die kostbare Probenzeit die einem gegeben ist einfach aufzufressen scheint, so daß man hinterher leicht sagen kann „es ist gänzlich unterprobt" und „die Konkurrenz ist groß".

Buz argumentierte herum, was die Petra wohl Vernümbfdjes damit bezweckt habe, als sie im Sommer, spätabends in einem Lokal bei Buzen ein warmes Mitempfinden für „Kirsche" auszulösen suchte, der sich einfach schamlos in Buzens gemachtes Intendantennest gesetzt, und dem es doch nur um die Musik und nichts anderes geht.

„Der *ist* so naiv!" sagte die Petra laut, beschwörend, multipel, und wie sie wohl hoffte, barmpunkteintreibend zu Buzen, und jeder im Lokal hat´s gehört.

Da die Petra in einem Orchester sitzt, das regelmäßig mit „Kirsche" musiziert, hat Kirsche die Petra als

Vertrauensperson und Vermittlerin mit ins Boot geholt, und um sich jene Sätze auszumalen, die wohl dabei gefallen sind, braucht man ebenso wenig hellseherische Kräfte, wie wenn man sich überlegen möchte, was in einer amerikanischen Geburtstagskarte zu lesen ist.
„Laß uns ein paar Takte reden!"
„Es geht mir in erster Linie darum GUTE Musik zu präsentieren!"
„Ich will die Königs ja leben lassen!"
„Das Festival ist mir jetzt geschenkt worden, und ich würde es doch sehr gerne behalten, denn es war immer mein größter und tiefster Wunsch, Kammermusik mit Kollegen zu betreiben!"
Rehlein hat das dumme Ding schon lang auf dem Kieker, und den Kirschneroth will Rehlein gar nicht erst an ihre Frühstückstafel lassen. Am liebsten wäre es Rehlein, er wäre tot!
„Warum der Udo??" sagte Rehlein wirklich nett, denn ein 80-jähriges Leben aus Gold wiegt doch wohl deutlich mehr als ein 52-jähriges Leben aus billigem Flitter?
„Der hat gar nicht so eine liebe Stimme verdient, und schon gar nicht von Dir!" sagte Rehlein zu Buzen.
Wir blieben einfach an der Frühstückstafel kleben, und nach einer Weile begann Buz, Briefe von Alfred Kerr* vorzulesen.
*Schriftsteller, Theaterkritiker und Journalist (1867-1948)

Ich schaute dazu in den schönen Tierkalender, den Rehlein mir geschenkt hat, und in welchem die Tiere alle so niederösterreichisch ausschauen. Z.B. eine aufgeplusterte flammfarbene dicke Mieze auf einem Strohhügel, die ausschaute, als müsse sie ungeplanten Nachwuchs ausbrüten. „Moucht ma döös bäi Äich in Däitschlound?" schien sie uns mit Blicken sagen zu wollen.

Im Vorwort liest man, daß der Gnadenhof bereits 470 Tiere beherbergt – viele dem Kochtopf entronnene Hühner sind bereits 7 Jahre, ein reifer Gänserich gar 15 Jahre alt, und alle seien pumperlgesund und erfreuen sich eines unbeschwerten glücklichen Lebens.

Rehlein schrieb Postkarten an all jene, die auch uns in Wort & Schrift bedacht hatten, und immer wieder wetzte ich zu der Schreibenden hin um Dinge anzubringen, wie beispielsweise, daß der Onkel Hambum unbedingt auch eine Karte bräuche, damit er gezwungen sei, endlich mal einen Blick auf das Pröppilein zu werfen. Ein Anblick vor dem sich der Onkel einst zu ducken suchte, da er keine Babys anschauen mag, und schon gar keine haar- oder zahnlosen!

Buz war spazieren gegangen, und durch das große Fenster sah man, wie er sich entfernte, und dabei einen malerischen Anblick bot.

Ich selber stand stramm Gewehr bei Fuß, und dann fuhren Rehlein und ich tatsächlich zu Bio Fiedler nach Wiener Neustadt. Während der Fahrt war Rehlein so was an goldig: „Oh mein Schätzlein!" sagte Rehlein zu mir, und nur auf der Frohsdorfer Brücke hatte ein entgegenkommender klobiger Bus so viel Straße für sich beansprucht, daß wir in unserem Autopanzer uns ganz klein machen mußten, und Rehlein neben mir entsprechend schäumende Worte losließ.

Diesmal hatte ich das Tagebuch dabei, saß dichtend in der hauseigenen Caféteria, und wartete auf meine wunderbare Mutter.
Mindestens 30 Minuten blieb das süßeste Rehlein im Bioladen-Inneren.
Im Windfang dort stand der freundliche Mohr, und in der Post nebenan, in die ich einen Schwall Briefe tragen durfte, wurde ein fleißiger Mitarbeiter von einer dicken Tresenbeamtin mit einem Präsent und heißen Dankesworten sehr feierlich in die Weihnachtsvakanz verabschiedet.
Unsere Heimreise verlief ebenfalls nett:
Ich erzählte lustvoll von Frau Hummels´ Workoholikertum, und von ihrer kleinen Tochter, die von ihrem Erzeuger geschlagen würde! Er kommt aus Bayern und ist schon ziemlich alt (Jahrgang 38) – und zu seiner Zeit haben ein paar Orkanwatschen niemandem geschadet.

Rehlein flocht Buz-Geschichten: z.B. jene bitterstimmende, wie Rehleins grandiose Ideen unter den lauten und groben Worten eines Paul Dan gänzlich plattgewalzt zu werden pflegten, und Buz habe an den Lippen des Balkanesen gehangen, als sei´s ein Heiliger.

Buz stak mit dem Telefonhörer am Ohr, und einem ob des Telefonats gerührt und freudigen Gesichtsausdruck im Musikzimmer. Ming war´s.

Wir durften uns über einen Schwall Post freuen, den Buz bereits auf dem Tisch für uns bereitgelegt hatte: Herr Heike schickte eine Fotografie seines Paganini-Aquarells und wir lachten: So viel Zufall kann´s doch gar nicht geben!
Hatte nicht erst heut der Wembo davon gesprochen, im Sommer ein Paganini-Konzert aufführen zu wollen?
Ferner warteten zwei Geschenke von der Hilde, und eine nette Karte von der Veronika auf mich. Der Franz hatte DVDs vom Musikalischen Sommer geschickt, die sowohl Buz als auch mich je mit Mulm erfüllten.
Werden die nackten Fakten den Lobgesängen standhalten können?
Es lief wieder ein russischer Märchenfilm: Ein singender und trommelnder Soldat lief durch den Wald.

Der Nachmittag gehörte meiner Violine, auch wenn´s zur Dämmerstund so geheimnisvoll ausschaute, daß ich die Blicke nicht abwenden konnte, und die Zeit zum Stillstand kam: Gelbe und rosa Wolken, z.T. in bräunlich-matt-geheimnisvoller Färbung, die einem etwas sagen wollte. Bloß was?

Ich schrieb der Rebekka, und kopierte jenes Passagenwerk aus *ihrem* Brief, wo sie auf Döleinart anklingen läßt, daß sie froh sei, wenn das ganze Weihnachtsbrimborium vorbei ist dazu, und ersetzte das Wörtchen „Weihnachtsbrimborium" durch „den Besuch von der Tante Kika" über den die Rebekka in einigen Jahren, wenn sie noch reifer geworden ist, vielleicht in diesen Worten schreibt?
So schrübe mein Onkel Dö aus Florida, der mit strammen Haxerln auf die 80 zugeht, bewedelte ich die Rebekka mit Worten, aus denen ich selber nicht schlau wurde, ob die jetzt wachrüttelnd gemeint sein sollen oder nicht?
So dürfe man nicht schreiben, denn auf die 80 geht man nicht mehr mit strammen Haxerln zu. Wenn, dann schleppt man sich auf morschen Knochen in welkem Fleische dahin... schrübe man das mit den „strammen Haxerln", fuhr ich in meinem Briefe fort, so flöge man beim Wettbewerb „Jugend dichtet" hochkant aus der ersten Runde hinaus.
Leider hatte Buz wieder das Gefühl, daß er nicht so gut Luft bekommt, und ich war beunruhigt und niedergeschlagen.

Eine Enttäuschung für den süßesten Buz:
Seit Wochen übte er in diffuser Vorfreude, es im Sommer vielleicht mit dem Chen zu spielen, Mozarts Klarinetten-Quintett, und dann setzte er sich eines Abends hin, um dem Chen einen ausgefeilten und persönlichen Brief zu schreiben.
Doch heut kam nur einer jener dünngeistigen Musikerdürrzeiler, - unterschrieben förmlich und fremd mit „Chen Halevi". Er schrieb, daß er im Juli generell nicht könne, und der geknickte süße Buz hat niemanden, mit dem sich dies Kümmernis teilen ließe.
Man schaute „Anna Karenina" bis um viertel nach elf, und hernach stand Buz am Kachelofen und am Pranger (frei nach Frank Golischewski), weil er so unsportlich sei.
„Ich bin doch Schlittschuh gefahren. Damals am großen Meer!" nahm Buz sich selber vor Wortgeschossen Rehleins in Schutz.

Ming hatte so einen süßen Rundbrief geschrieben.
„Frohe Weihnachten!" schrieb der bezaubernde Ming so frisch, wie es nur Ming kann, und dies hört sich doch nun wirklich besser an, als Beätchens alberne „Frohnachten", doch ich darf ja nicht damit anfangen, das Beätchen nur noch zu verteufeln.
Pröppileins zweiter Geburtstag war groß gefeiert worden, und nach der Feier schaute das Pröppilein wieder „Carmen" auf Youtube an.

„Carmen bald?" frug das süßeste Pröppilein Vati Ming.
„Die Carmen kommt bald. Du mußt nur darauf warten!" sagte Ming.
„Carmen warten!" gab sich das Pröppilein einsichtig und wartete eine geschlagene viertel Stunde auf den Auftritt von der Carmen. Dann tauchte die Carmen auf, und nach zehn Sekunden fiel das Pröppilein, das so geduldig gewartet hatte in einen tiefen, 13 Stunden währenden Schlaf.
„Fast dornröschenartig!" schrieb Ming.

Mittwoch, 24. Dezember

Wunderschön!

Am Morgen erhob ich mich in wunderbarsten Sonnenschein, und dachte in meiner angestrengten Art, das Leben mit Frische und Agilität zu wuppen, gleich an den fleißigen Berti in Landshut, seinen Schwung beim Früherhöbnis, und versuchte ihm nachzueifern.
Der Berti weiß: Steht man erst auf den Füßen, so hat man ein Riesenproblem abgeworfen – jenes, auf einer verglühenden Sprungfeder liegen zu bleiben.
Und ist man erst liegengeblieben, so gestaltet sich das Erhebungszeremoniell sperrig und mühsam.

Über jemanden, dem dies passiert ist, darf getrost gesagt werden: „Er hatte keinen guten Start in den Tag!"

Statt: „Haben Sie gut geschlafen?" sollte man vielleicht sagen: „Hatten sie einen gelungenen, oder gar geölten Start in den Tag?"

Man reißt sich gewaltsam von der Schlafenssüße hinfort, die zu schönem Schall & Rauch zerfällt, und entfernt sich von Sekunde zu Sekunde weiter von diesem Hochgenuß, der sich als solcher erst zu erkennen gibt, wenn er vorbei ist.

Bald darauf rannte ich los.

Man rennt, um sein Ras-Soll abhaken zu dürfen, das man sich zu Tagesbeginn gerne in Form einer imaginären Urkunde an die Wand nageln würde.

Es war etwas kühler geworden, aber man hört ja immer wieder von Sibiriaken die bei minus 70 C° teilentblößt ihre täglichen Turnübungen absolvieren.

Oben am Acker angelangt, fühlte ich mich in der Frische bereits wohlig und gut.

Ich dachte an Frau Reimer, *die womöglich nicht weiß, was ihr lieber sein soll? Daß die Kika als schwärmerisch veranlagter Backfisch ihren Jürgen glühend beschwärmt hat, oder lieber nicht? Ob sie ihn geschätzt oder gar geliebt hat?* ← *wenn nicht, dann stünde Frau Reimer in ihrer Trauer weltweit alleine da, und wie ist es wohl, seine Trauer zu teilen? Ist geteilte Trauer halbe Trauer? Ob im Kopf von* Frau Reimer die Schräubchen dahingehend arbeiten?

Sehr herzlich wurde ich vom süßesten Rehlein im Tage willkommen geheißen, doch wenig später gab´s erste Verstimmungen, wobei wohl ich die Arschgeigende gewesen bin, da es mich so fuchste, daß quasi kein Handgriff in der Küche unkommentiert blieb. Zuerst mahnte Rehlein daran herum, daß man das Brot erst in der letzten Sekunde abhobeln solle, da es ja sonst vertrockne, und dann hohnlachte Rehlein über meine infantil und unreife Art, wie ich wohl die Kaffeekanne vorwärme, während ich gleichzeitig einen wissenden und lauernden Argusblick im Nacken zu fühlen glaubte, ob ich, bzw. natürlich „der Wolf in mir", das heiße Wasser wohl gleich einfach so hinweggießt?
„Was da über´s Jahr an heißem Wasser verschleudert wird!"
Ich wurde leicht muffig, und dabei hatte sich Rehlein für den heut´gen Heiligen Abend so viel Schönes und Gutes vorgenommen.

Buz hatte ein kleines blaues Heft entdeckt, mit dessen Hilfe ich einst versucht hatte, gebildet zu werden, indem ich interessant klingende und selten gebrauchte Ausdrücke hineingeschrieben hatte, die einen dahingehend Examinierten ins Schwitzen bringen könnten.
Der Opa pflegte einen einst hi und da examinierend mit einer völlig entlegenen Bildungsfrage zu beschmettern, um dem betretenen Schweigen des Examinierten bald schon ein „Das müsste wie aus

der Pistole geschossen kommen!" hintanzufügen. Mit diesem blauen Heft hatte ich versucht, mich gut gegen derart bloßstellende Examinierungen zu wappnen. Doch damals tendierte ich dazu, das Pferd von hinten aufzuzäumen, und hatte die lateinischen Namen verschiedenen Meeresplanktons aufgelistet.

Bald darauf legte Rehlein eine DVD ein, und zunächst lauschte man dem Doppelkonzert von Bach mit Ming und Julchen, und einer kleinen Herde stehender Streicher.
Ich stand damals auch dabei, so jedoch im Schatten von Konzertmeister Franz, so daß man mich kaum sah. Der Christoph-Otto am anderen Ende des Bildes, spielte so musikantisch auf seinem Violoncello, daß man seinen beglatzten Kopf auf- und abhupfen sah, so daß man sich an Hammer und Amboss erinnert fühlte.
Hernach lauschten wir Buzens Violinspiel mit der Anna-Magdalena am Flügel. Wir hielten den Atem an, denn was, wenn die Erinnerung uns getrogen, eine jammervolle Aufführung zu hören sein wird, und Rehlein total entsetzt wäre?
Buz benützte elaborierte, sehr ausgetüftelte Fingersätze die ihn oftmals in hohe Lagen hinauftrieben, und wurde immer mutiger – so, wie ich als Kleinkind damals auf dem Rücken des Pferdchens, - und auch die hübsche Anna-Magdalena am Flügel erfingerte sich unser Wohlwollen.

Auf dem Bild sah man vier Köpfe eng aneinandergeschmiegt: Ein güldenes Heiligenbildnis am Altar, und die Petra als ehrenamtliche Blätterin mit einem mild-maskenhaften sehr konzentrierten Zug auf dem Antlitz. Wir wurden übermütig und fröhlich, weil´s so schön war.
Schwungvoll und mutig benützte Buz den ganzen Bogen, und über und über rief ich Komplimente aus: Ich hätte das Werk ja schon tausendfach gehört, doch so ergreifend wie Buz spiele es kein Mensch. Buz solle die Tournée von Udo Jürgens fortführen, so wie es der Udo testamentarisch festgelegt hatte: ← letzteres beschwor ich auf Art von Omi Ella mit Worten einfach herbei! Wahrhaftig!
Buz spielt im weißen Schlafrock, und schüttelt hernach tausende von Händen ergriffener Hausfrauen, die nur auf dieses Event hingelebt hatten.
Apropos: Schon gestern machte ich dem Udo ein Kompliment: Hatte er nicht klar und deutlich gesagt, daß die vorgenommene Treue zuweilen an der Gelegenheit scheitere? Daraufhin vergaben tausende von Ehefrauen ihrem Mann einen Seitensprung – nur dank Udos mutiger Worte! Und so manch ein Ehemann fand einen Schuldschein unter seiner Kaffeetasse.
„Erledigt!" schrieb die Ehefrau zähneknirschend unter einen bitteren Anklagebrief.

Ich wartete auf die obligate Violintechnikstunde, aber Julia Neckermann hatte ihren Jahresrundbrief

geschickt, und Buz las sich in glasiger Ausstrahlung daran fest, wozu man ihn hinter seinem leicht schütter und strohigem, teilweise ergrauten Haar und der kleinen herzförmigen Kahlstelle auf dem Hinterkopf nur von hinten sah.
„Jetzt komm, damit ich wieder etwas Gescheites machen kann!" sagte ich herzlos. „Naaaain!" fügte ich ganz schnell liebevoll und humorig an, denn jeder normale Vater wäre von diesen Worten eingeschnappt gewesen, - nicht jedoch Buz.

Fast beätchenartig stand Rehlein, von einem gewissen Heilig-Abend-Fieber gepackt, in der Küche, denn für heute hatte Rehlein sogar Pläne geschmiedet: Sie wolle einen Heilig Abend-Spaziergang abhalten, und mich, und vielleicht auch Buz, wenn er brav ist, mitnehmen.

Ich schrieb einen Brief an Pfarrerin Friebe auf Baltrum, um sie äußerst früchtebrötern und umständlich darüber in Kenntnis zu setzen, daß ich vergessen habe, wann ich im nächsten Jahr auf Baltrum spielen solle? Zwar hätte ich mir immer schon einen Kalender gewünscht, doch da wir hier mitten im Walde leben, sei's immer ein Kraftakt, sich zu einem Einkauf in der Stadt aufzuraffen.
Es fühle sich an, wie für manch einen unter uns, für den es langsam Zeit wird, sein warmes Wannenbad zu verlassen! faselte ich *ein Zeug* zusammen.

Wenig später schaute ich einmal von außen durch das große Terrassenfenster, und sah Buz im Sorgenstuhle sitzen. Als ich ans Fenster pochte um einen freundlichen Blick zu crntcn, crschien ein froher Ausdruck auf dem Gesicht des Einkanaligen, der sich von dem Gepoche für einen Bruchteil einer Sekunde einen Gast erhofft hatte.
Und nun war´s nur ich.

Rehlein schuftete unermüdlich für uns.
Der schöne Obstsalat, den das süßeste Rehlein für uns zubereitet hatte, mußte allerdings gescheit durchziehen, und so absolvierten Rehlein und ich einen Mutter/Tochter-Spaziergang. Wir versuchten der Sonne zu folgen, und die Sonne führte uns aufs Feld.
Unterwegs sprachen wir über den Bratscher Hao, den das Julchen, so schön er auch spielt, im Sommer nicht mehr dabei haben will, weil er ein unerträglich anmaßender Mensch sei, der sich viel zu wichtig nähme, und hinzu durch einen bösen Trick versucht hatte, sich die Reisekosten zwiefach zu ergaunern.
Und dann erzählte mir Rehlein eine Geschichte über einen ehrlichen Einbrecher: Er stieg in ein Haus ein, als eine Familie im Urlaub war, und hinterließ einen kleinen Dankesbrief, da er sich einiges zusammenstibitzt hatte: ***Dafür hab ich jeden Tag etwas repariert, und dies hat mir Spaß gemacht!*** schrieb er versöhnlich.

Rehlein hatte zu ihrem köstlichen Obstsalat auch so sagenhaft köstliche Nußbrötchen gebacken: Bestehend aus Eiweiß, Honig, gemalenen Haselnüssen und abgeriebener Bioorangen-Schale, hm! war dies **köstlich**!
Eigentlich hätten wir vorgehabt, an Heilig Abend so zu leben wie immer, und doch räkelte sich in Rehlein nun ein Festtags- bzw. Traditionsempfinden, demzufolge sie nun stundenlang an einem leckeren Kartoffelsalat für ihre Lieben bastelte.
Schließlich aßen wir Kartoffelsalat und Würstchen, und hoben edlen Wein.
Leider stöhnte Buz wieder über seine Kurzatmigkeit, und mehr noch: Beim Feuermachen bekam Rehlein plötzlich einen schmerzhaften Muskelkrampf im Bein, und ich war so hilflos. Sollen wir die Ambulanz holen?
„Um Gottes Willen, nein!" lachte Rehlein.
Nach dem Essen fand die Bescherung statt.
Rehlein hatte allerlei Geschenke aus Ostfriesland dabei, und ich hatte leider nur den schweren und so wunderschönen Bildband über Joseph Roth dabei, den ich für meine Lieben gekauft hatte, und nun war der lang herbeigesehnte Moment gekommen, wo man sie damit bescheren konnte.
Ich wickelte den schweren Geschenkbrocken in riesengroßes Engleinpapier, und währenddessen unterband Rehlein Buzens Dressurgeigengewinsel auf der Violine, zumal Rehlein Weihnachtslieder auf der Geige nicht mehr ertragen könne.

Freudig packten wir die Geschenke aus Aurich aus: Einen riesengroßen Pröppi-Kalender, den Rehlein später einfach über Mings geniales Kinderbild an der Wand hängte. Gleich auf dem Deckblatt schaut das Pröppilein von der Seite mit seinen goldenen Löckchen und den roten Apfelwänglein so bezaubernd aus.

Buz und Rehlein freuen sich sehr über ihr schönes großes Geschenk, den Bildband über Joseph Roth.
Ich bekam einen Froschwaschlappen von Roßmann, doch leider war´s der Falsche, so daß man sich direkt fragen muß, ob Rehlein sich nicht gewundert hat, warum ich wohl ein derart infantiles Geschenk wünsche? Der süße Lappwaschenfrosch den wir in Aurich in unserem Besitz haben, der kann so rührend schuldbewußt aussehen. Dieser hier jedoch schaute eher beamtlich-unverbindlich auf seinen neuen Besitzer drauf, dem er gleich das Gesicht polieren soll.

Donnerstag, 25. Dezember

Eher etwas streng

Ich erzählte Rehlein plastisch, wie der Berti in Landshut den Frühaufstieg wuppt, bzw. natürlich wuppen *muß*, da er ja Lehrer von Beruf ist, - und zu meinen Worten lief bayuwarische Quetschkommodenmusik, dieweil nämlich die Morgengymnastik soeben zuende gegangen war.

Ich fuhr fort und erzählte, wie Bertis Frau Nelly ganz im Gegensatz zu ihrem Mann, *nach* Mitternacht plötzlich vom Daltonsyndrom gepackt zu werden pflegt. Somit steigt sie erst sehr spät in die Bettfluten, und morgens wiederum schafft sie den Ausstieg nicht.

Mit dem größten Vergnügen schauten wir „drei Haselnüsse für Aschenbrödel" und so, wie ich vor einigen Tagen über die schrille Schauspielerin in den „Quellen des Lebens" ausgerufen habe: „So müsst ihr Euch die Mutter von Herrn Reimer vorstellen!" so rief ich nun über den König aus: „So müsst ihr euch den Mann von meiner Freundin Sabine vorstellen!" Und die Königin mit ihrem schicken Frisurennetz erinnerte Rehlein wiederum an Edda Moser, eine berühmte Sängerin.

Artig suchte der zirka 15-jährige Prinz auf dem Ball eine Frau, und tanzte schließlich ganz lustlos mit einer dicken, älteren Sitzengebliebenen, die unerhört tschechisch ausschaute.

Rehlein war so gerührt, daß Buz seine Brahms-Sonate so schön spielte.

„Bravo!" rief Rehlein ergriffen, doch auf Hessenart ging Buz nicht groß auf diesen Ausruf der

Begeisterung ein. Er tat so, als habe er ihn gar nicht gehört. Das gefühlige Rehlein aber rannte nochmals zur Musikzimmertüre hin, um es ihm zu sagen und ihn zu busseln.

Nach einer Weile joggte ich im Walde, und dort, wo der Weg durch eine Waldesschlucht Richtung Echofeld in die Höhe führt, sah man in jenem gelichteten kleinen Waldstückchen daneben eine Gestalt mit Zipfelmütze in einem bunten Wams schimmern. Buz selber war's! Zunächst sah man ihn von hinten mit seinen Walkstäben. Ich stürmte freudig auf ihn zu – so als habe ich ihn seit Jahren nicht mehr gesehen, und fiele nun aus allen Wolken, ihn hier im Walde von Ofenbach wiederzutreffen, - und Buz war so freundlich!
Im Grase lag ein Elefantenstoßzahn aus purem Gold, den Buz einfach übersehen hatte, da ihm schon lange niemand mehr geraten hat, die Augen offen zu halten, um Ausschau nach Gold am Wegesrand zu halten.
Zusammen liefen wir bis zum Jägerhäusl neben unserer Bank, die der Poppi dem damals frischverwitweten Opa und seiner Tochter Eri vor etwa 15 Jahren geschenkt hat, um die beiden nach dem Verlust von Ehefrau und Mutter ein wenig aufzumuntern. Dort könne man sich draufsetzen und an sie denken.
Gibt es ein schöneres Geschenk, das man einem Witwer machen kann?

…auf dieser kleinen Wegspanne des Lebens, die wir gemeinsam zurücklegten, frug Buz kein einziges Mal examinierend, wie der Lagenwechsel auf der Violine wohl funktioniere? Dies fühlte sich für mich direkt ein wenig ungewohnt an.

„Hier wird bei der Silvesterwanderung Glühwein ausgeschenkt!" erzählte ich Buzen, und hoffte sehr, ihn durch dies verlockende Detail zum Mitwandern zu bewegen.

Dann „raste" ich jenen, in der Form eines Hufeisens angelegten Weg mit seinen versprenkelten Riesenpfützen entlang, und traf Buz kurz vor jenem Schlund, der wieder in den dunklen Wald hinabführt, erneut.

Bei Tisch sprach Buz übermütig auf hamburgisch, nachdem ich kurz vom verstorbenen Frank aus Ratzeburg erzählt hatte, der immer in tiefstem Busch-Hamburgerisch zu parlieren pflegte.

Doch diese Stimme schweigt nun für immer.

Wie stets wurden so leckere Speisen serviert wie im Märchen: Heut gar in dreierlei Temperierungen: Warmer Kürbis, kalter Kartoffelsalat und ganz heiße Teigtaschen.

Köstlich: Umhüllter Quark mit Nüssen.

Hmmm, dies schmeckt!

Wir vergnügten uns mit einem Spiel, indem wir einander Aufgaben stellten wie in der Schauspielschule:

Buz sollte vorgeschriebene Gesichtsausdrücke auf seinem Gesicht aufscheinen lassen, und dann wiederum sollte Buz einen Ausdruck aufsetzen, und wir sollten raten, was dieser Ausdruck wohl zu bedeuten habe?

Ein Spiel, das großes Vergnügen aufwirbelt, und sich beliebig variieren lässt.

Buz hatte sich einen Ausdruck überlegt, und schaute nun so, als wolle er jemandem einen Besuch bei einem anderen Jemanden schildern, wo es so entsetzlich nach Hund gemuffelt habe.

Da hatten wir viel Spaß.

Nach diesem erheiternden Spiel las Buz eine äußerst früchtebröterne (reichhaltige) Kontaktanzeige eines Herrn vor, die schwer zu lesen war, da sie praktisch nur aus Abkürzungen bestand.

Auf diese Anregung hin schrieben wir nun alle in fünf Minuten je ein Heiratsgesuch über uns, und eines über unseren Nebensitzer.

Ebenfalls ein Zeitvertreib, der es in sich hatte.

Nach Feierabend rief Ming an.

Ming als junger Familienvater hatte so viel Vergnügliches zu berichten:

Das Pröppilein hatte zu Weihnachten eine schöne Holzeisenbahn geschenkt bekommen, und als man sie zusammengebastelt hatte, da fehlte ein kleines

Wägele. Pröppilein regte an: „Suchen!" Dann lief es in den Vorraum und rief: „Eisenbahn. Wo bist du?" Hernach sprach Ming noch ganz lange mit Buz, und ganz lange mit Rehlein.

Die Tante Bea hatte ein kleines Video geschickt: Die Weihnachtsfeier der Familie auf Youtube, und die so hochtalentierte Miette spielte ganz normal und schülerhaft Klavier zu den eher groben Weihnachtsgesängen des vollen Hauses, so daß mir dies vor Ming nach all meinen Schwärmereien peinlich war.

Freitag, 26. Dezember

Am Vormittag heller Sonnenschein.
Dann ziehende Wolken und einmal ein Regen.
Am Abend etwas puderverzuckert

Die Nächte sind für mich z.Zt. sehr angenehm: Ich fühle mich so, als nächtige ich in einem riesengroßen Bett in dem riesengroßen Bauernhaus der Reimers an der Schweizer Grenze. Dann denke ich an die einsame Frau Reimer, auch wenn die das vielleicht nicht so mag?
„Was denkt man an mich alte Frau?? – Die hat Hunger auf meinen Jürgen, und sonst gar nichts!" So und ähnlich *könnte* Frau Reimer ja denken, ich aber denke zwar,

daß sie so denkt – ansonsten aber denke ich eher an Randdetails in ihrem Leben: Z.B., ob die Hunde wohl nachts bei ihr im Bett schlafen dürfen? Denn ansonsten wäre die Kälte und Einsamkeit im Banne des groben Schwarzwälder Nachbarn mit seinem saugroben Parkverbotsschild am Hoftor, doch wohl kaum zu ertragen?
Bis kurz nach der Beerdigung mag das Bulleröfchen im Inneren noch ein klein bißchen warm gewesen sein, jetzt aber ist es ganz erkaltet, und man möchte gar niemanden mehr sehen?

Leider bockte Rehleins Outlook auf höchst lästige Weise: Er sei zu voll! wie einem ein graues Kästle in schwer verständlichem Computerlatein beständig unter die Nase rieb. Doch will man dann in ehrlichem Bestreben es recht zu machen mit den Löscharbeiten beginnen, so fruchtet es überhaupt nichts, und an all dem sei nur der dümmliche Zorpia-Scheiß Schuld, mit dem der Yossi Rehleins Outlook überflutet hat, sagte Rehlein verärgert.
Ich erntete Rehleins Briefe wenigstens extern aus dem Internet:
Der rührende Friedel hatte uns ein Foto von seinem so wunderschönen Gemälde geschickt, und gar keine Resonanz erfahren!
Ich antwortete für Rehlein, und doch fühlte ich mich schuldig: Da freut sich der Friedel über einen Brief seiner kunstkundigen Tante Eri und liest alsbald:

„Die Eri bat mich, Dir in ihrem Namen zu antworten….
Grad so, als sei Rehlein alt und hinfällig geworden!
Sehr nett und mit gebündeltem Lebensfrohsinn, - sich selber aus der erkalteten Asche einer namenlosen Enttäuschung herausgeklaubt habend - hatte sich auch der Hans-Hermann mit freundlichsten Weihnachtswünschen und -grüßen aus dem hohen Norden gemeldet:
Er habe mit Tochter Eva und Schwiegerfreund „Ben", und den „zumeist fröhlichen Tieren" gefeiert (schrieb er warm).
Christoph Dostal* hatte den Eheleuten eine wunderschöne Weihnachtskarte geschickt, die wir gerührt betrachteten.

*Ein Herr, den Rehlein einst im Walde kennengelernt hat. Er ist Schauspieler von Beruf, und suchte die Stille des Waldes dazu zu nutzen, ein Drehbuch auswendig zu lernen. Mit dem Buche in der Hand, und leise vor sich hinmurmelnden Lippen, trat er aus dem Nichts auf Rehlein zu.

Doch nun mußte man sich bereits Sorgen um Buzen machen, denn der Flur hinter dem Bühnenvorhang schien gänzlich ausgestorben. In den letzten Tagen hatte Buz über Kurzatmigkeit geklagt, doch am Kachelofen gestern abend freute sich Buz über ein verbessertes Lungenvolumen an der Lungenvolumensverbesserungsmaschine die ich ihm gekauft hatte, – und nu?

Alsbald dudelte das Radio auf:

Es spielte eine „Frau Moser", offenbar eine ältere Pianistin, von der man noch nie etwas gehört hat – die allerdings bereits im Jahre 1962 Liszts Es-Dur Konzert im Wiener Musikverein aufgeführt hat, demnach – wennse denn überhaupt noch lebt – steinalt sein müsste.

Und dann spielte Sol Gabetta, eine Flitter- und Glamourcellistin, die vom Julchen so gerne eingefangen würde, um unseren Musikalischen Sommer in Glanz zu tunken.

Doch vom spröden Herrn Heike wiederum, wird diese wunderbare Cellistin einfach verschmäht! (erzählte Rehlein) Von ihr, und ihrer oberflächlichen Art das Cello gefällig auftönen zu lassen, halte der alte Gauch rein gar nichts.

Nun wurden Widerworte zu Ungunsten Herrn Heikes aus meiner Kehle erwartet, und ich erwartete die selber auch. Kurz schwebten unausgesprochene Worte im Raum: „Ich fürchte, dies dürfte auf Gegenseitigkeit beruhen."

Doch die befürchteten Worte blieben aus, und ich lehnte mich nur an den Kachelofen, um meine Rückseite gescheit zu plätten und zu wärmen.

Tatsächlich schien auf dem Bildschirm nun ein kleiner Barock-Reigen rund um Sol Gabetta auf.

Man spielte ein Barock-Konzert, munter und musikantisch auf dem Cello angetrieben, und es gefiel mir sehr, auch wenn's der Kenner vielleicht als Gebrauchsmusik und Meterware abstempeln könnte?

Die Sonne war wieder hervorgetreten, und zeigte sich in herzlichem Gewande, wenn es drum herum auch wieder etwas kühler geworden ist.

Buz hatte sich dröge im Sorgenstuhle vor dem Televisor niedergelassen. Es lief ein köstlicher Film mit Heinz Erhardt und Christine Kaufmann, von der es nun hieß, in *die* sei der Johannes Neckermann in jungen Jahren verliebt gewesen, wie Buz nun belustigende aber auch emotionale Erinnerungen heraufbeschwor.
Die Evi wiederum verliebte sich in einen sog. „Dreamboy".
„Eeevi!" dachte ich für einen kurzen Moment, und sie – im Packeis Kanadas verschollen, fühlte sich auf der einen Seite so vertraut an, als könne man jeden Moment unter ihre bergenden Flügel kriechen, um Zuflucht vor der bösen Restwelt zu suchen – und andererseits so fern, als sei sie bereits seit 20 Jahren tot!

Aus ihrer Kindheit hat Rehlein die rührende Gewohnheit beibehalten, die Gutslesteller zu separieren, bzw. mit einem Namensschild zu versehen – doch nun standen die Gutslesteller wie Futternäpfe vor einem, und man naschte viel zu viel herum.

Seit Heilig Abend ist Rehlein nun stolze Besitzerin einer Espressomaschine, und der Espresso

schmeckt ja auch gut. Bloß ist er mir immer viel zu wenig.
Post kam heut überhaupt nicht, da alle irgendwie dröge zwischen Festtagsessen und Festagsessensresten herumzuhängen scheinen?!
Ich dachte an den jüngst verstorbenen Herrn Reimer, der nach seinem Exitus Lobes- und Dankesreden in Anspruch genommen hat, die von Rechts wegen <u>völlig</u> anders hätten ausfallen müssen.
Und dann diese häßliche Hochschule, die nach seinen architektonischen Ideen erbaut worden war! Hätte er sich in der Zeit, wo er die Pläne für die Hochschule ausgetüftelt, und vom Land gefühlte Milliarden erbettelt hat, doch lieber um seine alte Mutter gekümmert!

Am Abend hatte sich dann doch noch ein kleines Brieflein angesammelt:
Frau Friebe hatte auf meinen netten Brief geantwortet, und gerührt luden wir die Fotos der drei süßesten Kinder der Welt herab:
Den Kindern von Frau Friebe: Wilko, Hiske und Reemt, die auf plattdeutsch großgezogen worden sind, und je so süß ausschauen, als hätten sie noch niemals im Leben einen wüsten Gedanken gedacht.

Samstag, 27. Dezember

Krustenschnee. Minusgrade. Weiß-grau

„Schniiii!" rief ich am Morgen. Ich ließ den süßesten Ming in mir aufjubilieren, denn mit diesem begeisterten Ausruf war der junge Ming Buzen einst bei längeren Autofahrten zuweilen auf die Nerven gefallen, da er es so oft betrieb, und ein Gedöns drum veranstaltet hat, als habe man zuvor noch niemals Schnee gesehen.
Buz war zu dieser frühen Morgenstund bereits zu einem Besuch im Häusl aufgebrochen. Auf dem Weg dorthin hatte er Bayern III eingeschaltet, und alsbald weckte er Rehlein zur Gymnastik.
In Rehleins Zimmer ist´s um diese frühe Morgenstund kalt und dunkel, und anders als der Opa, dessen Leben sie ja nun seit Jahren nahtlos fortführt, machte Rehlein kein Gezeter um diese brutale Erweckung aus einer besseren Welt, zum Vorteil der Barmer Ersatzkassen-Gymnastik.
(Schreibe ich schon wie ein Jurist?)
In ihrem Sträflingsnachtgewand und dem süßen Schöpfle setzte sich Rehlein gleich aufrecht hin, und begann wenig später mit einer Eleganz-Gymnastik, moderiert von einem Beau, der so wirkte, als sei´s ein Ballettänzer: Er und seine Mitturnenden bemühten sich sehr darum, der Gymnastik in der

Natur, den Anstrich einer Kammergymnastik zu geben.
Um Buz und Rehlein eine Freude zu bereiten, machte ich die Mutter/Kind-Gymnastik mit, und da ich mich seit dem 25. Dezember irgendwie zu meinem Vorteil verändert habe, gab ich mir große Mühe, alles so gewissenhaft wie irgendmöglich nachzuturnen: Posen, bei denen man sich vorstellen sollte, einen großen Ball in die Höhe zu heben, bzw. in die Tiefe zu tupfen.
Hernach stahl ich mich aus dem Hause, um im kalten Puderzuckerschnee das gewohnte Trimm-Dich abzuhalten, auch wenn es auf dem einen Wegesbuckel etwas glatt war.
Der goldene Elefantenstoßzahn am Beginn des Echofeldes war eingeschneit worden, doch ich wußte gottlob, wo er lag, und gefunden hat ihn bislang gottlob niemand.
Wie eine Nähmaschine, oder aber wie einst der kleine Muck, ratterte ich den Weg dreimal ab, und die Sohlen meiner Tennisschuhe bildeten ein ziemlich dichtgewobenes Muster im Schnee.

Nun frühstückten wir.
Die Eier hatte das süßeste Rehlein mit Filzeierwärmern überstülpt: z.B. einem leider etwas unkünstlerisch geratenen Hühnchen, das ausschaute, als sei es in der Waldorfschule gebastelt worden.

Rehlein hatte sich vorgenommen, schneebedingt zur Apotheke in Erlach zu *laufen*.
Seitdem ich den goldenen Stoßzahn gefunden habe, fühle ich mich ein bißchen wie im Märchen.
Jetzt z.B. fühlte ich mich so, als wolle unsere Mutter mit dem Stoßzahn über Wälder und Felder in einen Ort marschieren, wo ein Wochenmarkt stattfindet. Dort könne man den goldenen Stoßzahn verkaufen, und von dem Sack Talern, die man dafür haben möchte wiederum, könne man ganz viel für seine Lieben kaufen, so daß es nach der Heimkunft einige Tage später einen großen Jubel geben würde. Gleichzeitig aber fühlte es sich so an, als wolle Rehlein nun wochenlang aushäusig bleiben, denn der Weg nach Erlach ist weit.
Rehlein stieg in eine fleischfarbene Schlotterbüx, und Buz blieb am Tische sitzen und referierte über die Heilige Schrift. Zwar sei der leibhaftige Gott ganz furchtbar, doch viele Geschichten in der Bibel seien hochinteressant.
„Hast du die Bibel mal gelesen?" frug Buz so leichthin, und zu diesen Worten sah man wieder den dicken schwarzen Amselbullen, der unser Vogelhäuslein auf der Terrasse ganz und gar ausfüllt. Dieser Vogel heißt Kim Jong Ill, und geht wie selbstverständlich davon aus, der erste Mann im Lande zu sein.
Und während ich die Küche in Rehleins Abwesenheit nach Art eines kleinen Hausmütterleins ganz

liebevoll wieder herrichtete, strömte Buz schon wieder Geigenunterrichtserteilungsambitionen aus.

„Ich fühle mich davon übersättigt – nach mehr als 40 Jahren!" sagte ich, und: „Du hast doch gesagt, ich solle lernen, mich durchzusetzen!"

„Aber nicht gegen mich!" sagte Buz schlicht.

Und es war die Schlichtheit, die diese Worte so überzeugend klingen ließ. Und muß man nicht allmorgendlich drum bangen, ob Buz überhaupt noch lebt?

Und so folgte ich dem Lockruf ins Musikzimmer gern.

Täglich 30 Minuten! hatte Buz sich vorgenommen, und in die verbliebenen 23 ½ Stunden könne man ja immer noch all den Unsinn hineinquetschen der einem sonst so vorschwebt! (so sagt er)

Heute ging es um das Thema „Daumen", und während es mir für die linke Hand sehr gut gefiel, und ich auch Lob erntete, so bekam ich für die Rechte einen Schrecken: Sollte es angehen, daß ich all die Jahre die Daumenkrümmung ganz anders herum getätigt hatte, und solcherart verwirrt plötzlich nicht mehr spielen könne?

Da tönte der Wecker, den zu stellen Buz mir erlaubt hatte, aber Buz unterrichtete einfach unverdrossen weiter, so als habe er ihn nicht gehört.

Sonntag, 28. Dezember

Schneestaub in den Lüften.
Das Wasser in der Regentonne war beinhart gefroren und hinzu schneebestäubt. Leicht verschneit.
4 cm Schnee.

Heute hat der „Knochen namens Jochen" Geburtstag. Ein ehemaliger Studienkollege, den der Storch kurz vor dem Ausklingen des Jahres 1967 noch „kurz" als Leihgabe der Natur vorbeigebracht hat, und den ich doch schon vor Jahren als – man möchte schon sagen <u>sinnlos</u> - durchs Leben geschleifte Geburtstags-Kartei-Leiche erbarmungslos abwerfen wollte. Ein steifer „Schwob" mit einem rohen Händedruck.
Doch mir mit dem Jochen geht´s grad so, wie Rehlein mit jenem grauen, mit allerlei Computerlatein versehenen Quadrat auf ihrem Desktop, das nach dem Einschalten und Aufsurren des Geräts mitten auf Pröppileins Näschen draufzuspringen pflegt, und uns den ofenfrischen, appetitlichen Anblick verdirbt. Hi und da glaubte man bereits das häßliche und überflüssige Quadrat niedergezwungen zu haben, und dann hüpft´s ja doch wieder wie aus dem Nichts herbei.
Und so geht´s mir mit dem Jochen: Jahr für Jahr erhebe ich mich am 28. Dezember und denke als erstes: „Heut hat wieder der Knochen namens

Jochen Geburtstag!" Und an diesen Gedanken anknüpfend dachte ich nun über den Knochen namens Jochen nach, der einst in der WG mit der Mircille ebenfalls in einem Haus am Straßenrand „Im Tal" in Trossingen gelebt hat.
Eines Tages wurde der steife Schwabe mit dem rohen Händedruck von der Liebe besengt. Mehr noch: beflammt! Er verliebte sich in die bleiche „Eschder" aus der Blockflötenklasse der verruchten Frau Huschenbeth, und in diesem Falle war es von beiden Seiten her „die wahre Liebe", die ein Leben lang halten sollte.
„Die oder keine!" dachte der Knochen namens Jochen, wie einst auch Buz über Rehlein, und der Opa über die Mobbl.
Eines Tages traf ich das Pärchen auf dem Bahnhof. Der Jochen wurde verabschiedet, und in Eschders Augen schimmerten Tränen tiefempfundenen Abschiedsschmerzes, auch wenn der Jochen bereits am Abend wieder zurückzukehren gedachte.

Das mit der Tageszündung beherrsche ich ja nun doch ganz gut: Direkt nach dem Weckerschrill auf die Füße zu hupfen. Dann steht man schon einmal da, und versucht mit der Schöpfkelle frohstimmende Gedanken über den Tagesbeginn zu ergießen. Draußen war´s nun gänzlich verschneit.
Ich dachte an Frau Reimer, die in diesen Gedanken *morgens auch mit sehr viel gebündelter Frische aus dem Bett hupft.*

„Genug getrauert!" ruft sie aus, und stürmt den Pferdestall um ihre geliebten Pferde zu begrüßen, und in meinem Inneren leuchtete ein malerischer blassgrünstichiger alter Pferdestall auf.

Nun hat sich der Jürgen fein aus dem Staube gemacht. Von ihm ist nurmehr ein unsichtbares Aschehäuflein übrig, während seine Frau den ganzen Schnee alleine hinwegschippen muß.

Der riesengroße Bauernhof steht auf einem weichgeschwungenen Hügel, der die benachbarte Schweiz mit ihren weichen oder auch zackigen Hügeln und Gebirgsketten bereits erahnen lässt. Die Nachbarn sind alle blöd, und der eine böse Nachbar mit seinem radikalen Parkverbot, der mal das geliebte kleine Hündchen von Herrn Reimer mit Absicht überfahren hat, gar brutal!

Nach dem Joggen sagte ich zu Rehlein: „Du denkst vielleicht, ich fabuliere oder möchte mich gescheit machen, aber nachdem ich vor einigen Tagen einen goldenen Stoßzahn gefunden habe, so habe ich heute auch noch ein Geweih gefunden. Aus purem Gold!"

Und dies stimmte tatsächlich, denn ein Astgebilde schaute genau so aus.

Buz im Musiksalon nebenan spielte sehr munter Mozarts A-Dur Konzert, und schon gestern hatte der süße Buz bereits so agiert wie jemand, der zu später Stund unbedingt noch an seinem Weihnachtsgeschenk herumgenießen muß, indem er ebenfalls so munter wie jetzt durch´s Rondo Capriccioso turnte.

Dafür bekam er zum Frühstück von Rehlein gar ein Kompliment und hinzu ein liebes Küßchen: Für mich eine Praline für Augen und Seele.

Im Internet las man, daß das zu erwartende Tief „Hiltrud" 40 cm Neuschnee und hinzu 20 C° Minus beschert, und dies bei stürmischstem Winde!

„Nun kommt der Winter mit aller Wucht", bepfefferte uns die Online-BILD-Zeitung mit zu Beseufzendem, auch wenn man es jenen unter uns, die sich nach Winterfreuden sehnen durchaus auch gönnen sollte, und beim Frühstück lenkte ich die Rede drauf, daß sich Ming ja grad fürs Pröppilein eine weiße Weihnacht gewünscht hätte.

„Und dann hat man ja doch eine!" rief ich in Bayernlogik beim Blick aus dem Fenster aus. Die mückenkleinen Schneeflöckchen wurden solcherart durcheinandergepustet, daß sich nicht mit Bestimmtheit sagen ließ, ob die nun in die Tiefe oder aber in die Höhe oder aber in der Schwebe herumflögen?

„Ich machte eine ungelenke Pinselstrichbewegung der rechten Hand!"

„I glaub, i kann rechts besser vermittlö als links!" parodierte ich eine schwäbische Geigenlehrerin um Buz ein wenig zu erheitern, damit er nicht immer so inmitten des Gegackers der Damen sitzen muß, die

sich einfach in einer anderen Sprache unterhalten, als
es die Seine ist.
Ich schubste das Gespräch so quasi auf einen Pfad
drauf, wo Buz sich zuhause fühlen darf.
Im ZDF lief ein belustigender Kinderfilm, und dazu
stellte ich mir den Onkel Andi vor, wie er diesen
Film aufzeichnet, und seiner riesengroßen Filme-
sammlung beifügt. Ich sah Anderles freudige
Erheiterung vor mir: Opas Erheiterung, die auf
Anderles Gesicht auf Erden verblieben war.

Hernach kam eine Reportage über Roboter.
Man studiert die Bewegungen des Menschen, auf daß
die Roboter immer geschmeidigere Bewegungen
ausführen und uns Menschen immer ähnlicher
werden. Wartet man noch ein paar Jahre zu, so
können kinderlose Ehepaare Roboterkinder kaufen,
um sie bei sich zuhause aufzustellen und sich daran
zu ergötzen. Doch noch sehen die Roboter leider alle
ganz häßlich aus.
Ein Herr wurde gefragt, ob er wohl eine Roboterfrau
heiraten würde, und lachte über diese absurde Frage,
die in 50 Jahren, wie man hofft, nicht mehr absurd
ist.

Als nächstes kam eine Frau mit einem Spenderherz
zu Wort. „Wir haben uns zu einem Spenderherz
entschlossen!" sagte sie.

Die Spenderin erschien ihr im Traum, und am nächsten Tag zeichnete sie die aus der Erinnerung, so gut es eben ging, auf ein Blatt Papier.
Doch leider wurde nur ein dürftig aussehendes Bild daraus.

Bald darauf ging es wieder um die tägliche Lektion auf der Violine.
„Was willst du wissen?" frug der süße Buz referierungsfreudig.
„Woher du die Geduld zum Dressurgeigen nimmst!" Rehlein lachte so fröhlich und frisch über den Begriff „Dressurgeigen" und in der heutigen Lektion brachte mir Buz das kunstvolle Pedalisieren mit dem Bogen bei.
Nach 30 Minuten darf ich mich allvormittäglich so fühlen, als sei die Schule aus. Der Rest des Tages ist der Verfumfeiung freigegeben.
Nach der Violinstunde las ich den Erwachsenen aus Mings Ägyptentagebuch vor. Ich las, was der süße Ming heut vor 16 Jahren erlebt hat, und fand Ming als Formulierungskünstler und Bewahrer alter Erinnerungen so begabt!

Mittags gab´s Buzens Leibspeise: Spinat, Reis vom Himalaya, - von Buzen als unerhört köstlich empfunden, - und ein herrlich gewürztes Omelette in Nockerlform.
Beim Blick in den schneeverhauchten Garten fühlte ich solch ein Entzücken für Rehleins Kochkünste,

die weltweit einmalig sein dürften, und mitten in dies Entzücken hinein rief Ming an:

Es hieß, das Pröppilein wolle <u>mich</u> sprechen, und drum rief Ming extra an. Von allein hätte Ming wohl kaum angerufen, da er ja jetzt sein eigenes Leben lebt, und zu tun hat.

Das Pröppilein spielte mir durch den Hörer Fußball vor: „Tooor!" rief es begeistert.

Immer hieß es, *ich* solle etwas sagen, dann sagte ich etwas, und bekam keine Antwort, und in Aurich ist man vielleicht ganz enttäuscht, da das Pröppilein zuvor so geistreich war, und nun sagte es gar nichts.

Ferner erfuhr ich, daß das Pröppilein auf dem Spielplatz in einen Hundehaufen getreten sei, so daß der ganze Caféhausbesuch den man im Anschluß an das Spielplatzvergnügen froh ins Auge gefasst hatte, davon verdorben worden war.

Die Erwachsenen schauten einen Dick & Doof-Film, und Rehlein krisch vor Aufregung, als die beiden hoch oben in Manhatten aus einem Fenster springen wollten.

Wieder übte ich emsig im Ashram auf meiner Violine, und wenn ich zuende geübt, und die Violine wieder in den Kasten gebettet habe, darf ich mich allabendlich so fühlen, als kehre ich von der Probe im städtischen Symphonieorchester nach Hause, wenn ich mit dem Geigenkasten in der Hand die untere Wohnungstüre aufschließe.

Montag, 29. Dezember

Verschneit. Morgens ein bißl Sonnenschein.
Mittags eher unauffällig bleich. Minus 8 C°!

Vor dem Bettgang am Vorabend hatte ich noch die bevorstehende Wetterlage aus dem Internet hervorgefischt, und den Erwachsenen lustvoll und multipel weitergetragen: Zwar schaffen wir es bis zum 9. Januar wohl nicht mehr aus den Minusgraden heraus, und doch leuchtete an jedem Tag dieses virtuellen Wettervorausblickstreifens eine pralle Sonne für uns vor. Und grad die zeigte sich nun an meinem Kellerfenster, nachdem ich mich behende auf die Füße draufgewuchtet hatte.
Oben trat der süße Buz in seinem blauen Schlafrock auf Sultansart aus dem Häusl.
Blüht Buz auf der A-Seite, so wie heut, so hat man immer ein Vergnügen mit ihm, solcherart wie mit einem lustigen kleinen Kind.
„Da darfst du nicht rennen!" sagte Buz, „bei Minus 8 C°!" Also blieb ich vorerst daheim.
Heut machte Buz die Tele-Gymnastik mit Andi Fumulo mit: Eine Bürogymnastik für jene unter uns, die immer bloß am Tische sitzen. Ganz ernst und gewissenhaft stand er da, und auch ich machte mit, zumal's ja Babykram war.

Rehlein konnte ihre Freude darüber, daß wir mitmachen, kaum verbergen, und die Zeit verging im Nu.

Begeistert sattelte Buz seine Violine auf.
Dann bin ich ja doch noch weggesprintet, um das Frühstück hernach mit gemachten Hausaufgaben nochmal so sehr genießen zu können.
Auf dem Heimweg begegnete ich dem Poppi, der als froher Morgenmensch mit seinem Hunde unterwegs war. Die Renate sei krank!

Zum Frühstück liefen Zoo-Geschichten aus der Wilhelma in Stuttgart, und man sah allerhand, an dem mir seltsam gelegen war, daß Buz es auch sähe: z.B. ein altes Schildkrötengesicht – erinnernd an jenes, eines steinalten Menschen im Altersheim.
Wir aßen Rehleins köstliches Fenchelbrot, und hernach nahm ich das Bändel des Tages beherzt in die Hand, und schlug vor, auszulosen: Entweder eine halbe Stunde Violintechnik, oder aber eine halbe Stunde lang den Krankenkassenscheiß in Angriff nehmen, der Rehlein ja leider ganz krank macht, indem er sich nämlich, zumindest für einen so reichhaltigen Menschen wie Rehlein, zu einem turmhohen, unentwirrbaren bzw. unbezwingbar früchtebröternen Tsunami ballt, erhebt, und einen zu zerschmettern droht.

Ich sprach davon, wie der Opa Willi jetzt wohl agiert hätte, und erhob den Willi somit einfach ungefragt zu Rehleins Dalton-Syndrom-Bekämpfungs-Patron: Man solle in seinen Briefen an die AOK und DVK *kein* überflüssiges Wort schreiben!
Aber Rehlein sähe es beispielsweise sehr gern, wenn die Verwaltungsangestellten in Hochegg mal in sich gingen, wenn ihnen unter die Nase gerieben würde „daß sie immer gar keine Rechnung, sondern gleich eine Mahnung schicken."
Das eine Fräulein von der DKV habe auf subtilste Weise versucht, Rehlein als Schlampe bloßzustellen, bloß, daß es ja selber eine echte Schlampe ist, und Rehlein in einem Briefe einfach „Herrn" König genannt hat, ohne im geringsten in Erwägung zu ziehen, daß hinter all dem lästigen Bürokram wohl in erster Linie eine tüchtige Ehefrau stünd´?
„Anbei die gewünschte Sozialversicherungsnummer!" - fertig! zitierte ich Christian Schmitt mit anderen Worten. Doch selbst das Wörtchen „gewünscht" ist in diesem Falle überflüssig und hinzu unpassend – denn das einzige, was sich die AOK-Bediensteten wünschen ist doch wohl, das bald mal Feierabend ist? „Anbei SvN" (reicht).
Ich tippte zwei geschäftliche Mails für Rehlein, und versuchte, mich im Stile von Christian Schmitt knapp zu halten. – Gut gemeint zwar, doch letztendlich an jene „gloriosen Hilfen" erinnernd, die man sich vielleicht einst ins Haus geholt hat, und die im Grunde nur noch mehr Mühe aufgewirbelt

hatten, denn diese beiden Briefe hätte Rehlein doch wahrhaftig auch selber schreiben können. (Hinzu in doppeltem Tempo, und deutlich geharnischt- und wachrüttelnder!) Hinzu driftete ich im Brief an den Steuerberater Bohlen in Aurich, meinen eigenen Worten geradezu diametral entgegengesetzt, doch sehr ins Früchtebröterne ab.
Lieber, sehr geehrter Herr Bohlen! Sie wunderbarer Mann! stand da schon mal herniedergetippt auf dem Blatte, da Herr Bohlen von Ming & Julchen sehr gepriesen wird.

Ich begoogelte ihn, und es leuchtete ein rundes Milchgesicht auf der Webseit´ auf.

In diesem Schreiben galt´s, unseren Wunsch richtig zu verpacken: Ob die verschwundene Sozialversicherungsnummer womöglich eventuell unbeabsichtigt in die steuerlichen Unterlagen mit hineingehupft ist?

Hier sitzen wir: Eingeschneit, fröstelnd und Sorgen zerfurcht - nein, sorgenermattet ← (so schrieb ich dem eiligen Steuerbeamten).

Später schrieb ich: „Liebe VBL!" Ich tat so, als sei Buz mein Mann, und nannte zum Beweis „meine" VBL-Nummer. „Da kann die meines Mannes doch wohl kaum so fern sein?" schrieb ich augenzwinkernd, indem ich diesem berüttelnden Passus noch ein kleines Zwinkersmilie anfügte.

Doch es klang ein bißl so, als schrübe ich:

„Das sind ja Pfeifen! Daß die nicht einmal zu meinem Geburtstag kommen?!"

Einmal wurde erwogen, bei der Gebietskrankenkasse anzurufen, und statt das Saure in Angriff zu nehmen, um es rasch abzuhaken, parodierte ich unverständliches Busch-Österreichisch am Ende der Leitung, um, grad auf Art Rehlein und Mings, anhand eines aus der Luft gegriffenen Beispiels vorzumutmaßen, was sich daraus wohl erwachsen *könnte!*

Schnee und Glatteis geschuldet verzichtete Buz heut auf seinen Vormittagsspaziergang und watete stattdessen Frischluft schnappend durch den Garten. Einmal beobachteten wir ihn durch das Küchenfenster, und Rehlein wunderte sich, daß er nicht *ein*mal auf die Idee kommt, einen Blick zum Fenster herzuwerfen?! Ein bißchen wirkte es dennoch so, als wolle Buz den mütterlichen Rockzipfel nicht so gerne loslassen.

Rehlein frägt sich zuweilen, ob die Omi ihn damals wohl los sein wollte, als sie ihn einfach zu Neckermanns schickte, und damit ihren Erziehungsauftrag aus der Hand gab? Und all dies getragen von der hoffnungsfreudigen Vorgewissheit, der Junge könne so viel Vernumbfd besitzen, sich in die schöne Prinzessin – die Evi – zu verlieben, so daß er finanziell aus dem Schneider wäre, und seiner alten Mutti vielleicht auch noch hi und da etwas zustecken könne?

Rehlein selber hatte an Buzens Seifenoper „In aller Freundschaft" erinnert, und auch ich folgte dem

Geschehen auf dem Bildschirm gebannt, denn man muß sich anhand der Päckchen, die andere zu tragen haben doch immer mal wieder vor Augen führen, wie gut man es doch eigentlich hat! Jetzt z.B. ging´s um einen zwangskranken Bakterienphobiker, der sich nicht anfassen lassen mochte, und allerdings an die Dialyse gehängt werden sollte! Ferner um eine Frau, die ihrem Ex ihr Brautkleid vorführen wollte, und unfaßbar wäre es doch, wenn bei uns jemand an die Dialyse müßte, und ich meine Eltern damit nervte, daß ich unbedingt ein Brautkleid brauche.

Rehlein und ich wanderten durch den Schnee zu „Billa", und zuweilen pustete einem der Wind eine frontale Eiseskälte mitten ins Gesicht.
Ich erzählte Rehlein von meiner befremdlichen Gabe, mit dem siebten Sinn ständig vorauszufühlen, was jemand gleich sagen wird.
„Nervt mich ja selber!" sagte ich lose. Ob ich damit den Dr. Bogad aufsuchen solle? Und ob der einen wohl ernst nähme? Beständig tauchen in seiner Praxis Leute mit Krankheitsbildern auf, von denen man noch nie gehört hat.
Jetzt verstehe ich, wie Herrn Reimer zumute war, als er ständig vom Gefühl gemartert wurde, belogen zu werden. Denn ich wiederum werde vom Gefühl gemartert, am liebsten ununterbrochen über den Verblichenen zu reden:
Alles begann nach der Beerdigung von seinem Vorgänger, Herrn Prof. Waldmann, in deren Anschluß

Herr Reimer in eine leichte Depression verfiel, da er einen väterlichen Freund verloren hatte...
Der Sommer 1990 war ein ganz besonders heller Sommer.
Wehmütig erinnerte ich mich an die Zeiten, als Herr Reimer nach der Arbeit am Abend nicht nach Hause gehen wollte, weil ihn seine Schwiemu, oder auch das unnatürlich enge Verhältnis seiner Frau zu ihrer Mutter nervte, doch dies war nur ein Vorwand. In Wirklichkeit hoffte er, daß ich oben in den Übzellen bis Torschluss übe, und man einander hernach durch übergroßen Zufall im Treppenhaus begegnen würde – und ich hoffte dies auch, da ich es liebte, mit Herrn Reimer zu plaudern, und in seiner Aura zu stehen. Ständig erzählten wir uns kleine Banalitäten aus unserem Alltag und unserer Vergangenheit, und jenes Gefühl, im Dialog mit einem Herrn eine Hochgeistigkeit von sich geben zu sollen, das das Miteinander zwischen Mann & Frau mitunter so anstrengend macht, fehlte völlig.

Nun waren wir bei „Billa" angelangt, kauften ein und begaben uns auf den langen Heimmarsch.
Es wurde immer kälter, und nach einer kleinen Ewigkeit gelangten wir schließlich an die Pforten Ofenbachs. Die Elli bellte, und es wäre eigentlich so nett gewesen, bei den Scherabons anzuklopfen, um sich vielleicht mit einem heißen Grog verwöhnen zu lassen? Aber Rehlein wollte so schnell wie möglich heim zu Buzen.
Ebenda:

Rehlein hatte so rasend viel eingekauft, und beim auspacken und einräumen war mir das süßeste Rehlein so dankbar und busselte mich warm.

Für Stollen zum Kaffee fühlte sich Rehlein vom Mittagessen her noch viel zu abgefüllt, aber wir griffen auf die kleinen Köstlichkeiten von Frau Dostal zurück.

Wenn ich wirklich eine tolle Freundin wäre, so würde ich jetzt kein Geld und keine Mühe scheuen, nach Schluchsee zu reisen, um Frau Reimer dabei zu unterstützen, dem „Tief Hiltrud" zu trotzen, und ihr beim Schneeschippen zu helfen.
Frau Reimer hat keine Freunde: Eine Schar gackernder Asiatinnen vielleicht, die ihr auf Facebook mit flotten Sprüchen, neckischen Anstupsern, lustigen Smilies und Herzchen Mut zu machen suchen, wo gar keiner gebraucht wird.
Als man noch jung war, da traf man sich zuweilen noch mit einem anderen Ehepaar: Dem Ehepaar H., Barbara und Lothar. Doch die Barbara war gar zu offensichtlich hinter ihrem Jürgen her, und mit dem Lothar hatte man sich nichts zu sagen. Und so schlief diese Freundschaft, die gar keine war, auch bald wieder ein.
Ich dachte noch ein wenig weiter, und dachte auch darüber nach, wie furchtbar diese Freunde sind, die einen mit Sprüchen oder energischen Anstupsern aus seiner vermeintlichen Lethargie zu reißen suchen.

Der süße Buz hatte mit so viel Frische seine Prokofieff-Sonate geübt, und als er schließlich aus dem Musikzimmer trat, um sich an den Kachelofen zu lehnen, beplapperte ich ihn gleich darüber, daß ich glaube, daß bei der Prokofieff-Sonate der Interpret wichtiger sei, als das Werk. Es sei ein so eindeutiges Flötenwerk, daß es die Fundamentalisten unter uns viel lieber auf der Flöte geblasen hören. Spielt´s ein Geiger, so dürfte es sich für sie anfühlen, wie für unsereins, wenn man mit anhören müsste, wie eine Ente einen Vogel imitiert.
Um Buz in seinem schmückenden BOSS-Pulli hatte ich mir ja auch schon Sorgen gemacht: Er, der Dünngewordene, stand an den Kachelofen gelehnt und klagte über Spannungsgefühle in der Leibesmitte.

Das Ashram oben hatte sich in einen Kühlschrank verwandelt.

Dienstag, 30. Dezember

Schneeteppich unter Sonnenschein, und hellgraubläulichem Wolkenbildergemisch

Am Morgen „raste" ich unter fahrenden blassgrauen Wolken dahin. Strengen Runzeln auf einem klugen, und im Grunde nicht ungutmütigen Gesicht nicht unähnelnd.

„Was sind wir bloß für eine Familie? Warum gehen wir im Winter nie Schilaufen, wie normale Menschen?" wunderte ich mich, und beim Wundern fühlte sich die fehlende Schilauf-Ikone in meinem Gehirn direkt ein wenig an, wie ein fehlender Zahn.

Das Pröppilein wiederum ist in eine Familie hineingeboren worden, wo man an einem Tag wie dem Heutigen womöglich ausruft: „Kinder, wir fahren in die Berge. Hurra! Schnallt die Schier auf´s Autodach!"

Dann sind alle begeistert, und können es überhaupt nicht erwarten, oben auf der Bergspitze anzukommen, um alsbald in sagenhafter Naturkulisse wieder in die Tiefe zu gleiten.

Ich machte mich im Internet kundig, was Witwen wohl so durchmachen, und erfuhr, daß sich die Trauer in vier Phasen abspielt: Anhebend mit einem „Es-nicht-wahrhaben-wollen".

Doch ob dies bei jeder Witwe der Fall ist, sei dahingestellt.

Buz hatte die CD vom Koji eingeschoben, der somit erneut als Tafelmusikant bei uns agierte, und als Rehlein sich nach dem Werk von Martinu ein bißchen nach Stille sehnte, dürstete es Buz, nur noch ganz geschwind das zauberhafte Werk am Ende der CD auch noch anzuhören. Eine Zugabe, die der Koji als kleines Dankeschön für all jene unter uns gespielt hat, die die Geduld aufgebracht hatten, die CD bis hierher anzuhören, bloß, daß die CD-Firma leider vergessen hat, den Komponisten hinzu zu notieren, und nun weiß man nicht, wer dies zauberische kleine Lied komponiert hat.

Es sei auf unserer Ricci*-Langspielplatte drauf! erinnerte sich Rehlein, doch wo diese Platte wohl abgeblieben ist? Wer sich die wohl ausgeborgt, und nie wieder zurückgebracht hat??

*Historischer Geiger (1918 – 2012)

Und ich wiederum sprach davon, wie leicht man wohl an diese gewünschte Info dankäme? Einfach den Koji bemailen oder gar betwittern? ← (gab ich mich modern.)

Doch als derart ungebildeter Geiger mag Buz vor dem jüngeren Kollegen wohl auch nicht dastehen, und so erbot wiederum ich mich, dem Koji auf meinem besten Englisch zu schreiben, ich sei Dienstmädchen bei Königs. Herr König weile derzeit mit seiner Gattin in London, und wenn die Herrschaften außer Haus sind, so pflege ich heimlich meine Lieblings-CD anzuhören. Was dies wohl für eine himmlische Zugabe sei, an der ich mich nicht satthören kann?

Aus folgendem Lebensgestaltungsmodell schöpfte ich frischen Mut:

Ich bekomme täglich 30 Minuten Violinunterricht bei Buzen, obwohl die Violintechnik ja leider ein wenig

außerhalb von meinem Interessensradius liegt, - sich für mich somit ähnlich anfühlen dürfte, wie beispielsweise für Buzen, wenn er einem haushaltstechnischen Pädagogikhagel ausgesetzt wäre.
Buz bekommt jeden Tag 30 Minuten Haushaltskunde bei Rehlein, und Rehlein dafür eine halbe Stunde lang Lebensführungskunde bei mir!

Artig ließ ich nun die Violinstunde über mich ergehen. Wir übten den formvollendeten Lagenwechsel, bei dem der Daumen förmlich in die Knie geht. Ferner übten wir knackige Ansätze, und ich erinnerte mich daran, daß die kleine Alina Podgostkin, ein wunderhübsches geigespielendes junges Fräulein, das ähnelnd mir, ständig Geigenunterricht bei ihrem Vater hatte, auch immer knackige Ansätze üben mußte.
Ich dachte an die fernen sibirischen Geigenlehrer. Ob der ein oder andere vielleicht ein ähnliches Programm im Kopf hat wie Buz? mutmaßte ich beim Blick auf Buzens Händchen, mit denen er nun kunstvoll die technischen Feinheiten vorführte.
Heut hatte ich erfahren, daß der Ricci in seinem Interview in Buzens Geigenbuch das dööfste Zeug geredet hat, das man sich überhaupt nur vorstellen kann! Derartiges druckense, und Buzens schöne Weisheiten nicht. (Fassungslosigkeitssmilie)

Vor unserem Gatter sah man den nach einem vormittäglichen Spaziergang rotwangig gepusteten Buz, der die Post herbeitrug.

Zum Mittagessen lief wieder „in aller Freundschaft". Man sah einen Vater (alt) und einen Sohn (in den besten Jahren) beim gemeinsamen Angeln. Der Vater hatte eine wie von einem Pelikan im Vorüberfliegen hingeschissene weiße Frisur auf seinem wettergegerbten Kopf, und der Sohn warf ihm Verfehlungen in der Aufzucht vor.

„So müßt ihr euch den Jorberg mit seinem Sohn Johannes vorstellen!" sagte ich.

Der Sonnendotter sank höchst malerisch.

Einmal gab´s jedoch eine gigantische Schepperei in der Küche, die mich sofort an jenen verhängnisvollen Abend im Jahre 1968 erinnerte:

Es schepperte, und aus dem Häusl rief die Omi-Mobbl (damals noch keine 58 Jahre alt): „Herrgott! Was hat sie denn jetzt schon wieder zerdeppert??!"

Und dann lag die Degerlocher-Omi, die soeben mit verkniffener Miene („I weiß: „Schenkö, schaffö, schweigö!") das Geschirr abgetragen hatte, nachdem man sich bei Tisch wie meist nur lustig über sie gemacht hat, tot in der Küche! Sie starb den jähen Pikierungstod.

(82 ½ Jahre jung)

Doch Rehlein lebte gottlob noch, und es war ja bloß so, daß *ich* nicht gescheit auf Rehlein gehört, und die großen weißen Teller so ungeschickt hingestellt hatte, daß sie bei der kleinsten Antippung das Übergewicht bekamen, und einen Purzelbaum durch

die Luft schlugen. Rehlein blieb allerdings ganz süß, da es für das eifrige Rehlein ja auch eine Chance war, zu beweisen, daß sie immer recht habe.
Doch ich war so glücklich, daß Rehlein noch lebte, daß auch eine zischende Orkanwatschen mein unendliches Wohlwollen Rehlein gegenüber nicht hätte schmälern können.

Hernach joggte ich im Abendsonnenschein im Schnee. Auf dem Heimweg fuhr mir auf dem Poppi-Weg der grüne Merzedes entgegen: Am Steuer saß der Poppi selber, der meine Hand so freundlich hielt, und so warm lächelte. Es heißt jedoch, die Renate würde kränker und kränker! Und dies, wo die aufgetürmten Gnadentage bis zur Kreuzfahrt mittlerweile so gut wie aufgebraucht waren. Nur noch vier Tage...
Dann fuhr ich bei Noch-Sonnenschein, der in einen äußerst reizvollen, rosa getönten Frühdämmer hineinmünden sollte, gespickt mit Segenswünschen und vielen guten Ratschlägen Rehleins, zur Apotheke hin, wo ich sehr gut von dem quadratgesichtigen jungen Nachwuchsapotheker bedient wurde: Man schaut in ein so ordentliches und sauberes junges Gesicht hinein – voll in der Form, beflissen im Ausdruck, mit einem Kinngrübchen und blankgeputzten Brillengläsern.
Ich frug nach einer Atemübungsmaschine, die Buzens Atmen verbessern soll. Doch der junge aufstrebende Apothekersbursch schnitt hierzu ein

fragendes Gesicht, aus dem sich mühelos ablesen ließ, daß dies geistiges Neuland für ihn war.

Bei uns gab´s nun bald Kaffee, doch so gut Rehleins Espresso auch sein mag, mich stört, daß er immer so schnell hinweggetrunken ist, denn ein gemütlicher Mensch wie ich, der sich nicht so bald von der Kaffeetafel hinwegzulösen gedenkt, möchte doch wohl im Kaffee baden.
„So geht´s mir auch mit den Bruckner-Symphonien!" sagte ich – „sie sind mir einfach zu kurz!"
Das einzige was mich daran stört ist, daß sie immer so schnell zuende sind, bzw. man viel zu schnell bei „Billa" ist, wenn man im Auto die Ohren in die Klänge tunkt.
Rehlein wurde plötzlich manisch, nachdem sie doch kurz zuvor in der Küche noch so klagend klang. Doch nun wurde Rehlein von einer wirbeligen Manie aufgegabelt, und im Rahmen dieses manischen Wirbelwinds küsste Rehlein Buzen so stürmisch, daß Buz sich dabei am Daumen verletzte.

Mittwoch, 31. Dezember

Schöner Sonnenschein,
zuweilen mehlig bewölkt. Schnee

Die Sonne zwinkerte mir zu, und ich bin fröhlicher und positiver geworden. Ein leuchtendes Beispiel für mich selber.
Wieder schien der letzte Tag des Jahres gut geeignet als Generalprobe dafür, wie man in Zukunft nun wirklich dauerhaft zu sein und zu bleiben gedenkt, wenn man ab morgen versucht, eine Neue zu werden.
Heute kleidete ich mich wärmer denn je, denn schon gestern hatte Rehlein Mützen und Hauben hervorgesucht, um die Köpfe ihrer Lieben damit zu bestülpen und vor der erbarmungslosen Kälte zu schützen – … und wie die uns stünden! begeisterte sich Rehlein nett.
Die eine weiße Haube aus der Türkei, die ich durch großen Zufall erst vor kurzem im Türkei-Report 12 besungen hatte, war Rehlein zu groß geworden, so als habe das kleine Haupt damit angehoben, einzuschnurren. Beim Kauf selber passte sie doch noch wie angegossen, aber wenn Rehlein sich die Haube heute aufsetzt und damit losradelt – dann gute Nacht! Schon nach kürzester Zeit rutscht sie über Denkerstirne, Augen und Nas, und genau in dieser lustigen Kostümierung betrat nun auch ich die Stube, in der das Leben nun aufknospelte, indem das fleißige Rehlein bereits in der Küche stand, und ich mit der halb ins Gesicht gezogenen Schildmütze womöglich wie ein Schnabeltier ausschaute? Dann trat ich auf Rehlein zu, gab ihr feierlich die Hand, und wünschte so herzlich ich konnte „Frohes

Silvester", und dann hopste ich mit Rehleins Hand auch noch kurz auf und ab, um meine guten Wünsche noch zu intensivieren.

Buz war so rührend erfreut, als er hörte, daß ich nach dem Konzert in Rosenheim ja doch wieder nach Ofenbach zurückkehre. Der süße Buz war ganz aufgeregt vor Freude, und sagte: „Du mußt unbedingt wieder herkommen – es ist so lustig und amüsierlich mit Dir!" Dies freute doch ungemein, und tatsächlich sind wir drei zu einer Dreieinigkeit zusammengewachsen, und diese Trinität, wie der Gebildete wohl sagen würde, frühstückte nun.

Hi und da schaute man auf ein imposantes Tier auf dem Bildschirm drauf, z.B. ein goldiges kleines Elefäntle. Ein Elefantenpröppi das vielleicht einen kleinen Schabernack aushekt, der von den Erwachsenen nicht gut geheißen wird.

Immer wieder wird die Rede auf´s Pröppilein geschwenkt. Erst gestern wunderte sich Buz: „Haben die überhaupt noch ein Privatleben?" so frug er sich, denn das Pröppilein kommt nun bald in folgende Lebensphase: Hat man es endlich mit Müh´ ins Bett gebracht, und möchte sich den Mühen des Tages entschälen, und sich vielleicht mit dem Weinglase zuprosten, da sieht man, wie sich die Türklinke bewegt…"Ich hab Duuuaaaast!"

Buz las uns einen Brief von Alfred Kerr, datiert vom 31.12.1899 vor, und Rehlein redete wie immer ganz viel dazwischen.

Damals fand man es schier unglaublich, daß man dank des Fortschritts der Zeit, in nur sechs Tagen von Europa nach Amerika reisen konnte…
Auch die geplante Kreuzfahrt der Poppis wurde thematisiert, und Rehlein würde jetzt wohl kaum in drei Tagen nach Miami fliegen wollen?
Doch die kränkelnde Renate will´s ja eben so wenig, und auch der Poppi selber würde lieber gemütlich daheim bleiben und die wunderschöne Abendbeleuchtung genießen.
Nun hat man die Kreuzfahrt allerdings gebucht, und eine Reiserücktrittsversicherung war nicht abgeschlossen worden. ← (behauptete ich einfach dreist.)

Rehlein schreibt am Ende eines Briefes an die Verwandten oft: „Eure Erika mit Wolfram"
Heut aber schrieb sie: „Eure Erika ohne Wolfram, der nasbohrend im Ohrensessel sitzt, und gar nicht weiß, daß ich Euch schreibe."

Etwas aus den Nachrichten:
In einem Ort namens „Haydn" in Amerika erschoss ein Zweijähriger seine Mutti Veronica, 29 Jahre, die in einem Handtascherl eine geladene Pistole bei sich zu führen pflegte, um ganz auf der sicheren Seite zu sein.

Auslosebedingt galt´s nun, der frischgebackenen Witwe Frau Dieudonné zu schreiben, die mir gestern einen etwas verloren klingenden Brief geschickt

hatte. Sie halte sich tapfer, doch Kraft und Lebensfreude versiegen allmählich. Ein Freund habe ihr hinzu gesteckt, daß diese Empfindungen in den nächsten sechs Wochen noch schlimmer würden.
Und nun verlor ich mich in einem ellenlangen Antwortsschwafelat mit dem Grundtenor, daß man vor sich selber und überhaupt so tun solle, als sei der Verblichene noch da.
Sie befände sich jetzt in Phase eins des Witwentums: „Es nicht wahr haben wollen!"
Ich zog einige Beispiele an Schmerzbewältigungsstrategien heran:
Daß z.B. viele Leute versuchen, etwas ähnlich Verdrießliches auszubuddeln, auf daß der Schmerz über den Verblichenen nichtig und klein würde, grad so als schaue man von hoch oben über den Wolken darauf herab, so wie von Reinhard Mey aus goldener Kehle multipel besungen, und vom Udo Jürgens, seiner Lebensphilosophie und seinem jähen Exitus erzählte ich auch, und hinzu auf eine Weise, als sei ich im Leben Udos engste Vertraute gewesen.
Buz stand in seinem schmückenden BOSS-Pulli am Kachelofen, atmete geräuschvoll, und Rehlein sprach davon, daß Buz mit seiner abgegriffenen Gesundheit gar nicht mehr nach Aurich reisen solle, da er immer todkrank heimkehre, und Rehlein ist´s so leid!
Es sind die Teufel aus der OSL, die Aurich mit ihrem teuflischen Schwefeldunst vergiftet haben, so daß der feinfühlige Buz davon krank wird.

Schließlich wusch Rehlein ihr Haupthaar, um mit frisch gewaschener Frisur ins neue Jahr zu steigen, und Buz durfte die Giquels in Paris anrufen, um frohe Neujahrswünsche zu übermitteln. Ein liebes Lächeln erhellte den freudig Telefonierenden.
Ich hatte Buzens Haxerln in die Länge gewuchtet und einen Stuhl darunter gestellt. Nun stand ich meinerseits am Kachelofen um meinen Bürzl zu wärmen, schaute auf den Telefonierenden drauf, und lauschte seinen so freundlichen Worten, die er dem alten Gräterich Herrn Giquel angedeihen ließ. Man hatte die Fühler zum Rest der Welt ausgefahren, und ja – die Frau Giquel lebt noch, und Rehlein wagte sich aus Angst, gleich an den Hörer gelockt zu werden, gar nicht aus dem Badezimmer heraus, während der süße Buz doch bereits so leuchtend herzliche Grüße bestellt hatte.

Einziger Wermutstropfen dieses Telefonats war, daß Frau Giquels Bruder, der Aki in Aurich, nicht mehr laufen könne. Seine Beine versagen ihm den Dienst. Nach nur acht Jahrzehnten auf Erden sind somit bei manch einem von uns Knochen und Hüftblätter im Arsch bzw. zur Untauglichkeit zusammengerostet.

Ming hatte launige Silvesterbilder geschickt, und unsere Lieben im hohen Norden feiern das Silvesterfest ja immerhin stilvoll mit kleinen, windschief aufgesetzten, spitz zulaufenden Papphütchen auf dem Kopf.

Eine Kutschfahrt
Mings dritter Geburtstag
Buz mit uns Kindern in Salzburg

Personenverzeichnis:

Aaron, Lappohrhund in Ofenbach
Achim, Bruder des verstorbenen Rektor i.R. Herrn Reimer, (*um 1944)
Alexander, Heiratskandidat aus dem Schwarzwälder Boten (*1964)
Andi, Onkel mütterlicherseits aus Brandenburg (*1949)
Anna J., ehemalige Violinschülerin Buzens (*1970)
Anna-Magdalena, junge Pianistin, die zuweilen mit Buz konzertiert (*1988)
Backe, Herr, lieber Freund aus Oldenburg (*1939)
Barbara, liebe Freundin in Ofenbach (*1961)
Bea, Tante mütterlicherseits in Kalifornien. (*1943)
Berti, (*1955) Ehemann von meiner Freundin Nelly in Landshut
Bouillaguet, Erika, im Jahre 1984 spurlos verschwundene Deutschfranzösin (*1919 verschollen 1984)
Charles, (*2006) Sohn unserer Kusine Linda in Kalifornien
Chen, Klarinettist aus Israel (*1972)
Christoph-Otto, lieber Freund und Stadtmusikant von Aurich (*1965)
Deborah, (*1953) Ehefrau von Onkel Dölein in Amerika

Dieudonné, Frau, (*1961) liebe Freundin in Ratzeburg
Dochhorn, Ulfert, Orgelbauer und Geiger in Ostfriesland (Geburtsjahr unbekannt)
Dölein, Onkel mütterlicherseits in Florida (*1936)
Dostal, wohltätige Familie in Ofenbach
Eberhard, Onkel väterlicherseits in Paris (*1947)
Eckart, lang verstorbener Onkel Buzens (Eckdaten unbekannt)
Emil, (*2008) Dackel von unseren lieben Freunden, denn Poppingers in Ofenbach
Evi, Tochter der Familie Neckermann. In Toronto lebend (*1937)
Franz, treuer Jünger Buzens – ein Taiwanese (*1968)
Frieda, meine einstige Nebensitzerin in der Hauptschule in Lanzenkirchen (Niederösterreich). (*1962)
Friedel, unser Vetter in Bonn (*1962)
Hambum (Hartmut), Onkel väterlicherseits in Münster (*1945)
Hannelore, großmütterliche Freundin im Schwabenland (*1934)
Hans-Hermann, lieber Freund in Ostfriesland (*1949)
Hartl, Nachbar und Pferdefarmbesitzer in Ofenbach (*um 1955?)
Hao, aufstrebender chinesischer Karrierist auf der Bratsche (Geburtsjahr unbekannt)

Heidi, (Kaiser), (*1936) Gattin unseres treuen Freundes Gernot in Bad Homburg

Heike, Herr, vielseitiger Künstler: Komponist, Maler, Geigenbauer u.a. (*1933)

Hilde, (*1964) Exe Buzens

Hummels, Frau, (*1961) wörkoholisch veranlagte Dame

Huschenbeth, Frau, Professorin für Blockflöte in Trossingen (*um 1944?)

Gaßmann, Joachim, (*1953) Gitarrist aus Worpswede

Gerhard, Opa, (1905 – 1952) Buzens Papa, den wir leider nicht kennenlernen durften

Gernot, (*1937) treuer Freund von Rehlein und Buz in Bad Homburg

Gerswind, (*1964) Exe Mings

Giquels, befreundete Familie in Paris (steinalt)

Göhler, Christoph, Gärner in Ostfriesland (*1939)

Golischewski, Frank, Kabarettist aus Trossingen (*1960)

Gretel, Nachbarin in Aurich (*1938)

Insa B., Traumfrau des jungen Ming (*1966)

Irene, Rehleins Kusine dritten Grades in Ofenbach (*1944)

Irma, Opas Schwägerin in Kiel (*1937)

Isabella, (*2001) geigespielendes Töchterlein von meinem Freund „Raber".

Jim, (*1961) Ehemann unserer Kusine Linda in Amerika

Jochen, Studienkollege in Trossingen (*1967)

Jorberg, (*1928) Lebensgefährte von unserer Freundin Veronika
Katharina, Freundin im Schwabenland (*1959)
Kempowski, Hildegard, Ehefrau des Dichters aus Nartum (*um 1930?)
Kempowski, Walter, Dichter (*1929)
Kerr, Alfred, Schriftsteller, Theaterkritiker und Journalist (*1967 – 1948)
Kirschneroth, Intendant des geraubten „Etwas anderen Festivals" in Ostfriesland (*1962)
Koji, Geiger aus Osaka (*1963)
König, Kathi, Tochter vom Onkel Eberhard (*1986)
Kurosaki, Hiro, bedeutender österreichischer Barockgeiger mit japanischen Wurzeln (*1959)
Linda, Kusine in Amerika (*1973)
Madeleine, (*1987) älteste Tochter meiner Freundin Frieda in Ofenbach
Marina, (*um 1993?) zweite Tochter von meiner Freundin Frieda in Ofenbach
Marius, (*2000) Sohn von meiner Freundin Katharina im Schwäbischen
Marsoner, Ingrid, steirische Konzertpianistin (*1970)
Meister, Herr, Geistlicher in Zarrentin (Geburtsjahr unbekannt)
Miette, (*2004) Tochter von unserer Kusine Linda in Amerika
Ming, (*1964) mein Bruder

Mireille, (*1966) unser ehemaliges Stubenmädchen in Trossingen
Mürdel, Frau, Ballettlehrerin in Aurich (Geburtsjahr unbekannt)
Neckermann, Johannes, (*1942) lieber Freund; jüngster Sohn von Josef Neckermann (1912 – 1992) und seiner Frau Annemarie (1915 – 1989)
Nelly, liebe Freundin in Landshut (*1957)
Notdurfth, Herr, Kirchenbediensteter in Elsfleth (Geburtsjahr unbekannt)
Philipp, (*1990) Erstling von unserem lieben Freund Hans-Herrmann in Ostfriesland
Poppinger, (Poppi), lieber Freund in Ofenbach (*1943)
Rademacher, Herr, Geigenprofessor in Trossingen (*um 1955?)
Rainer, Onkel, mütterlicherseits in Kanada (*1934)
Reimer, Frau, frisch verwitwete Frau in Schluchsee (*um 1946?)
Renate (Poppinger), liebe Freundin in Ofenbach (*1959)
Ric, (*1945) ägyptischer Exmann von unserer Tante Bea in Amerika
Rohlfing, Karlheinz, (*1951) netter Herr in Celle
Rostal, Max, (1905 – 1991) Buzens Violinprofessor in Köln
Rübel, (*1934) Geistlicher in Aurich/Ostfrsl.)
Podgostkin, Alina, (*1983) wunderhübsche junge Geigerin

Scherabons, liebe, dreiköpfige Familie mit Hund in Ofenbach: Papa Roland (*1960), Mutti Barbara (*1961), Tochter Greta (*1994) und Hündchen Elli (Geburtsjahr unbekannt).
Schmid, Jörg, Boss Buzens in Wien (Geburtsjahr unbekannt)
Schmiedinger, Eheleute, Ehepaar in Ostfriesland (gebürtig in den späten dreißiger Jahren)
Schwemmerl, Frau, Supermarktskassenfräulein in Lanzenkirchen/Niederösterreich (*um 1994?)
Sharyn, (*1945) Frau von unserem Onkel Rainer in Kanada
Sossi, Sergio, (1931 - ?) Nachbar und Dirigent im Gästehaus von Musashino, Tokyo in den 70er Jahren
Suvelacks, Ehepaar in Münster. Allsonntäglich Gäste bei Onkel Hartmut und Tante Christa (aus den frühen 40er Jahren?)
Thurner, Frau, Wirtin im Gasthaus „zur Burgenländerin" in Ofenbach. (Zirka 66 Jahre alt?)
Tone, (*1962) Adelsmann und lieber Freund in Leer/ Ostfriesland
Ulrike J., (*1966) Bratscherin aus Aurich
Valerie, (*1964) alte Studienkollegin aus Trossingen.
Vègh, Sandor, (1912-1997), Violinprofessor Buzens
Veronika, liebe Freundin (*1945)
Wembo, Bratscher aus Hamburg. Schüler Buzens (*1980)
Willi, Opa, (*1950) Vater von meiner unehelichen Schwägerin Julchen

Wirtz, Pfarrerin im Schwabenland (Geburtsjahr unbekannt)
Wyss, Renate, (*1940) gute Frau in Grebenstein
Xie, Chorsänger in Bremerhaven (*1957)
Yoko, Ehefrau vom Geiger Koji in Osaka. Pianistin (*um 1966?)
Yossi, Bratscher (*1947)

Wenn Dir das Buch nicht gefallen hat,
so sage es mir.
Wenn doch, so schicke mir ein paar Sterne!
Daaaaaanke!
(Inspiriert durch Worte im REWE Grebenstein)

Und weiter geht´s im nächsten Band…

Erscheint am 5. Juli 2020

Diesmal widmen wir uns den Geschehnissen von vor 20 Jahren im Jahre 2000.
Somit ungeeignet für die diejenigen unter uns, die „nach Vorne blicken" wollen